Das Haus
in Aplerbeck

Autor: Dr. H.W. Paideys

Bibliografische Information der Deutschen Nationalbibliothek:
Die Deutsche Nationalbibliothek verzeichnet diese Publikation
in der Deutschen Nationalbibliografie; detaillierte bibliografische
Daten sind im Internet über http://dnb.dnb.de abrufbar.

Das Haus
in Aplerbeck

Herstellung und Verlag:
BoD – Books on Demand, Norderstedt
ISBN: 9783739204420

Vorwort

Mein Name ist Dr. H.W. Paideys.
Ich bin ein junger, dynamischer, gutaussehender Schriftsteller,
der noch am Anfang seiner Karriere steht.
Ein Bewunderer der schönen und erotischen Weiblichkeit,
jedoch noch nicht familiär gebunden.
Bin ein sehr interessierter und neugieriger Mensch,
treibe gerne Sport, vor allem das Joggen
und Fahrradfahren hat es mir angetan.
Um einen gut gebauten Körper zu besitzen,
trainiere ich auch regelmäßig im Fitnesscenter
an den entsprechenden Gerätschaften und mit den Hanteln.
Ich liebe das Reisen und mag schöne Hunde und Katzen.

In diesem Buch geht es um eine wahre Begebenheit,
die sich im realen Leben zugetragen hat.
Die Namen aller beteiligten Personen wurden geändert,
um diese zu schützen. Wenn irgendwelche Parallelen
oder Abschnitte des Buches auf andere Personen zutreffen,
so ist dies reiner Zufall und selbstverständlich unbeabsichtigt.

Ein verliebtes junges Paar baut sich eine gemeinsame Zukunft
in einem kleinen schwäbischen Dorf auf.
Traditionell, wie auf dem Land üblich,
beginnen die Beiden mit dem Bau eines neuen Hauses.
Alles scheint ganz normal zu sein,
doch dann beginnt das Schicksal sich zu wenden
und es entstehen dramatische Situationen …. .

Leseempfehlung ab 16 Jahre.

Ihr Autor   **Dr. H.W. Paideys**

Das Haus
in Aplerbeck

Otto fragte seine Frau auf typisch schwäbische Art,
„wilsch me heiraten" ?
Elke bekam feuchte Augen vor lauter Freude
und vergaß beinahe zu antworten.
Gerührt sagte sie schließlich „ja",
nahm ihn in die Arme und küsste ihn leidenschaftlich.
Er öffnete anschließend eine Flasche Sekt
und beide prosteten sich mit einem Glas zu.
Sie war im siebten Himmel und er war stolz,
nach vier Jahren Beziehung,
den Heiratsantrag über seine Lippen gebracht zu haben.

Da beide knapp bei Kasse waren,
wurden die Eltern von dem jungen Paar gefragt,
wo sie wohl mit ihrer gemeinsamen Zukunft starten könnten.
Nach mehreren Diskussionen wurde beschlossen,
dass sie erst mal zu ihren Eltern in das kleine
Flachdachbungalow einziehen. Es standen zwei kleine Zimmer
und ein Bad im Untergeschoss zur Verfügung.
Eine Küche gab es nicht, aber da die zukünftige
Schwiegermutter eine gute Köchin war,
empfanden beide dies als problemlos und freuten sich
auf die guten, kostenlosen Mahlzeiten bei ihr.

Die Eltern von Elke waren zufrieden,
da ihr einziges Kind im Haus blieb und der zukünftige
Schwiegersohn sich integrieren und unterordnen konnte.
Es wurden in den nächsten Wochen alte Möbel von der
Verwandtschaft gesammelt
und in der kleinen Wohnung aufgestellt.
Es passte nichts zusammen, sah aus wie „Kraut und Rüben",
aber dafür war alles umsonst und das Geld
konnte für ein gemeinsames Haus gespart werden.

Otto war ein gelernter Kfz-Mechaniker,
der nach der Lehre als Heizungsmonteur in einem kleinen
Heizungs-Installationsbetrieb im Wohnort arbeitete.
Nach ein paar Jahren schulte er auf Einzelhandelskaufmann
um und zwar in der Schlachterei in der auch sein
Schwiegervater gearbeitet hatte.
Die Arbeit schien ihm für die Zukunft sicherer
und einfacher zu sein,
er musste nicht mehr körperlich so hart arbeiten
und konnte langfristig seine Gesundheit besser schonen.
Zudem versprach sein Schwiegervater ihn zu unterstützen.
Die Kosten der langen Anfahrt zur Arbeit,
von über einer Stunde pro Richtung, konnte er sich sparen,
weil sein Schwiegervater ihn täglich mitnahm.

Elke, seine zukünftige Frau hatte keine Berufsausbildung,
da sie den Schulabschluss nicht schaffte.
Deshalb besuchte sie ein paar Monate eine
Hauswirtschaftsschule, leider auch ohne Abschluss.
Sie schlug sich durch mit Putzarbeiten in einer Tierpraxis
im Nachbarort und zusätzlich arbeitete
sie als Hilfspflegekraft in einem Altenheim.

Beide waren schlank, er kräftiger
und durchschnittlich groß mit blondem Schopf,
sie trug braunes lockiges langes Haar
und war einen halben Kopf kleiner als er.
Optisch passten sie gut zusammen,
charakterlich schienen sie auch zu harmonieren.

Er fuhr ein typisch schwäbisches Auto, einen Mercedes 190 E,
aus Geldmangel hatte dieser Wagen beim Kauf schon
zweihunderttausend Kilometer auf dem Tacho.
So kostete dieser Wagen nicht mehr viel
und hatte aber trotzdem einen gewissen Status.
Denn auf Status legte Otto Wert,
nach außen musste immer alles perfekt aussehen.
Auch sie genoss es im schönen roten Mercedes zu fahren
und freute sich über jede Fahrt.
Otto hatte vier Brüder, davon einen Zwillingsbruder.
Seine elterliche Familie lebt
im gleichen kleinen schwäbischen Örtchen,
in einem Einfamilienhaus mit einem schönen Vorgarten.
Der Vater war als „Wassermeister"
in der kleinen Gemeinde angestellt
und liebte diesen Beruf von ganzem Herzen.
Er war ein guter Ansprechpartner auf seinem Gebiet,
wenn es um pragmatische Fragen
und Antworten bezüglich des Wassers ging.
Er war ein untersetzter gestandener Mann
mit lichtem grauen Haar und einem ordentlich rundem Bauch,
denn das Essen schmeckte ihm immer und überall.
Wenn es um Arbeit ging, war er immer vorne dabei,
er scheute sich vor keiner Arbeit
und fand immer eine gute Lösung,
vielleicht nicht die eleganteste,
aber immer eine die auch langfristig gut funktionierte.

Er legte sehr viel Wert auf Grundbesitz
und so erwarb er viele landwirtschaftliche Flächen,
wie Streuobstwiesen und Weinberggrundstücke,
die er auch leidenschaftlich bewirtete.
Selbstverständlich erwarb er sich im laufe der Zeit
alle technischen Geräte und das Handwerkszeug
um seine Landflächen zu bewirten,
so gab es u.a. einen Traktor, Hänger, Sägen, usw..

Seine Frau blieb zuhause und kümmerte sich um die Kinder,
 so wie es zu dieser Zeit, in dieser Generation üblich war.
Sie war zierlich, arbeitsam
und immer auf das Wohl der Familie bedacht,
zudem konnte sie ausgezeichnet kochen,
das den sechs Männern im Haus natürlich gut gefiel.
Bei jeder Mahlzeit schlangen die sechs das Essen nur so runter,
insbesondere wenn es Fleisch gab,
denn jeder wollte so viel wie möglich in sich hinein stopfen.
Es war so eine Familie,
mit der man hätte den Westen der USA besiedeln können,
mutig, fleißig, erfinderisch, pragmatisch
und immer die Vermehrung des Landbesitzes im Auge.
Zudem war es eine fruchtbare Familie, die Wert auf
Nachwuchs legte und diesen extrem sparsam aufzog.
Wenn z.B. andere Enkelkinder schon das erste Handy besaßen,
so spielten diese Kinder mit einem selbstgebastelten Handy
aus Holz und wurden so zum Gespött der Klassenkameraden.
Diese extreme Sparsamkeit trieben die Kinder
ein wenig in die Isolation der Gesellschaft.
Ottos Mutter war fünfundzwanzig Jahre älter als er
und Otto war mit seinem eineiigen
Zwillingsbruder der dritt und viert geborene Sohn der Familie.

Elke war selbst in den jungen Jahren schon eine Frau
die den Sex sehr genoss
und nicht genug davon bekommen konnte,
so kam es auch, dass die beiden sehr viel Zeit allein
miteinander verbrachten.

Es kam die Zeit der Hochzeit
und die ganze Familie von beiden Seiten war eingeladen,
es war eine große Gesellschaft,
da beide viele Verwandte in der Umgebung hatten.
Die Braut war schlank und schön anzuschauen in ihrem
weißen Hochzeitskleid, er trug einen schwarzen Anzug,
eine schwarze Krawatte und ein weißes Hemd,
weil diese Garderobe auch zu anderen Festlichkeiten
getragen werden konnte, z.B. zu Beerdigungen, usw..
Ganz im schwäbischen Sinne.
Die ganze Veranstaltung verlief sehr traditionell,
ein Teil der Verwandtschaft stellte den Saal zur Verfügung
und bekochte alle, andere kümmerten sich um die Getränke,
so wie weitere um die Musik,
selbstverständlich von der Schallplatte,
weil eine Band zu teuer gewesen wäre.
Beim Essen hieß das Motto, „lieber den Magen verrenkt,
als dem Wirt was geschenkt".
Die Feier verlief bis in die frühen Morgenstunden
und am Ende waren alle Männer betrunken.

Wirtschaftlich gesehen war die Veranstaltung ein voller Erfolg
und das Geld konnte für den Hausbau verwendet werden.
Denn es wurde nach dem schwäbischen Prinzip gelebt
„schaffe schaffe Häusle baue".

So verging nicht viel Zeit, bis der Wassermeister auf der
Gemeinde ein Grundstück für das junge Paar organisierte,
bezahlen konnte er es nicht,
dafür sprangen die Schwiegereltern von Otto ein.

Es war ein Grundstück mit sechshundertfünfzig Quadratmeter,
im schwäbischen sechseinhalb Ar,
das ganze lag auf einem leichten Südhang,
im Neubaugebiet des kleinen Dorfes, in bester Lage.
Dort durfte ein einstöckiges Einfamilienhaus mit einer
Dachneigung von max. vierunddreißig Grad und einem
Dachvorstand von sechzig Zentimeter gebaut werden.
In dem gesamten Neubaugebiet stand noch kein Haus
und es war zu erkennen,
dass dieses Neubaugebiet eine Streuobstwiese war.
Nur am direkten Nachbargrundstück von Otto
wurde schon die Erde abgetragen,
um dort die Betonbodenplatte,
als Fundament für das zweistöckige Haus, zu errichten.
Hier durfte eine Doppelhaushälfte mit zwei Vollstockwerken
und einem Dachgeschoss
mit ebenfalls zwei Stockwerken darunter gebaut werden.

Der Nachbar war durch die Baugenehmigung Otto
und seiner Verwandtschaft schon bekannt,
es war Karl der in einem großen Konzern in Stuttgart arbeitete
und mit Frieda verheiratet war.
Beide waren ein paar Jahre älter als Otto und seine Frau,
sie hatten bereits zwei kleine Söhne
und standen mitten im jungen Leben.

Er war groß, sportlich und schlank mit blondem
Kurzhaarschnitt, sie war einen Kopf kleiner als er,
ebenfalls schlank und trug einen aktuellen modernen
Kurzhaarschnitt für Frauen,
beide waren aus dem gleichen Örtchen wie Otto.
Deshalb dachte sich Otto,
dass könnten mal gute Nachbarn werden,
die Besitzer der Bauplätze auf der anderen Seite
und hinter dem Haus von Otto,
 waren noch unbekannt,
da diese Grundstücke noch nicht verkauft waren.

Am Samstag war Karl gerade mit seinen Helfern
und einem gelernten Maurer dabei,
die letzte Betonplatte vor dem erstellen des Dachstuhles,
zu betonieren.
Als Otto und Elke vorbei kamen
um ihr Grundstück zu betrachteten,
sie begrüßten ihre zukünftigen Nachbarn freundlich
und tauschen ein paar Sätze aus.
Der Maurer verzog dabei seltsam das Gesicht
und Karl bemerkte, dass etwas nicht stimmte.
Nachdem Otto mit seiner Frau sich verabschiedeten,
fragte Karl den Maurer, „was nicht in Ordnung ist".
Der Maurer musste laut lachen
und amüsierte sich prächtig dabei, er fragte Karl,
 „sind das wirklich deine neuen Nachbarn" ?
Karl antwortete, „ja warum" ?
Maurer: „weil mein Vater, mit seinen sechzig Jahren,
vor ein paar Wochen die Elke im Weinberg gefickt hat".
Karl antwortete ihm, „dass kann doch nicht wahr sein,
Elke ist mit Otto seit über vier Jahren
zusammen und seit ein paar Wochen verheiratet,
das kann ich mir nicht vorstellen".

Der Maurer antwortete ihm,
„mein Vater erzählt mir fast alles
und es ist einhundert Prozent alles richtig was er sagt,
in den Weinbergen unseres kleinen Örtchens war es Frühling
und er kannte die Elke schon, sie ist eine Nymphomanin
und braucht den Sex wie andere das tägliche Brot.
Da keiner in der Nähe war und beide geil waren,
kamen sie sofort zur Sache und Elke konnte nicht
genug kriegen, mein Vater war anschließend fix und fertig,
aber auch befriedigt und glücklich darüber,
so eine junge Frau lieben zu dürfen
und das mit seinen sechzig Jahren, was für ein Glück" !

Karl dachte sich, das sind ja schöne Nachbarn,
ob Otto das weiß, was er für eine Frau geheiratet hat ?
Karls und Frieda nahmen sich fest vor,
kein einziges Wort über den Vorfall zu verlieren,
wer weiß ob das alles stimmt,
es erscheint beiden als unmöglich um wahr zu sein.
Oder gibt es so etwas wirklich, sie kannten solche Geschichten
nur aus den Privatsendern im Fernsehen.

Als Otto mit seinem Bauantrag durch war
und die Baugenehmigung von seinem Architekten
erhalten hatte, konnte er mit dem Start der Baustelle
nicht schnell genug beginnen.
Otto und seine ganze Verwandtschaft
waren selbstverständlich auf der Baustelle zu finden.
Der perfekte schwäbische Hausbau begann nun zu starten.
Selbstverständlich wurde alles, aber wirklich alles
in Eigenregie und zum größten Teil auch selber
mit der Hand am Arm geleistet,
um das Haus schnell fertig zu stellen.

Der Bagger wurde unter der Hand beschafft,
um die Baugrube auszuheben.
Kaum fertig damit, kam schon der Wassermeister mit Gefolge
zum Einsatz, um die Abwasserleitungen,
Frischwasserleitungen, usw. im Erdreich zu installieren.
Am folgenden Samstag war auf Ottos Baustelle
Großeinsatz um die Bodenplatte zu betonieren.
Selbstverständlich wurde anschließend auch selber gemauert,
um auch hierfür die Ausgaben sehr gering zu halten,
nur Materialkosten hieß die Devise.
Danach ging alles Schlag auf Schlag,
um das ganze Haus in Rekordzeit zu errichten.
Ottos Sippe hatte zwar einen genehmigten Bauplan,
aber der war nur für die formelle Seite, sie bauten das Haus
wie es ihnen gefiel, Überschreitung der bebauten Fläche,
aus der einen Wohnung wurden drei und sie hatten einen
Dachüberstand von eineinhalb bis über zwei Meter,
obwohl nur maximal sechzig Zentimeter zulässig waren.
Aber durch die Präsenz des Wassermeisters
auf der Gemeinde wurde alles im Keim erstickt, falls
jemand die Abweichungen bemerkte und reklamieren wollte.

In der Zwischenzeit hatte Karl sein Richtfest
und selbstverständlich wurden Otto und Elke auch eingeladen.
Es war ein traditionelles Richtfest,
mit geschmücktem Baum auf dem Dach
und der Rede des Meisters der Zimmermänner.
Natürlich gab es Fleisch und Beilagen,
so wie reichlich Schnaps, Bier und Wein zu trinken.
Otto war in seinem Element und genoss das viele Fleisch,
denn er konnte in Unmengen davon essen.
Dazu ein paar Bier trinken und der Abend war,
Zumindest für ihn, ein voller Erfolg.

Elke war zu dieser Zeit nicht mehr zu finden,
Karl fragte sich wo diese wohl sein könnte, denn sie war
mindestens schon eine Stunde nicht mehr auf dem Richtfest.
Otto war so mit dem Essen und trinken beschäftigt,
dass er sie nicht vermisste.
Karl ging an die frische Luft
um einen klaren Kopf zu bekommen,
als er von der Nachbarbaustelle ein leises stöhnen hörte,
er befürchtete, dass dort etwas passiert sein könnte
und lief rüber zur Baustelle um ggf. zu helfen.
Geschockt von dem was er sah, verharrte er am Eingang der
Baustelle, er traute seinen Augen nicht, es war Elke die sich
gleichzeitig von zwei Zimmermännern befriedigen ließ.
Der eine fickte sie von hinten durch seinen offenen Hosenlatz,
dem anderen besorgte sie es oral von vorne,
wobei auch er nur die Hose geöffnet hatte.
Elke befriedigte beide in einer gebeugten Position
und war dabei scheinbar angezogen,
nur der kurze Rock war nach oben geschoben
und ihre nackten Brüste schauten
aus ihrer teilweise aufgeknöpften weißen Bluse heraus.
Ihre erregten Brustwarzen waren ganz fest
und standen weit aufgerichtet hervor.
Als Karl aus seinem Schockzustand heraus kam
und die Situation klar und voll bewusst registrierte,
entfernte er sich unauffällig und Leise von dem Geschehen.

Zurück auf dem Richtfest sah er Otto weiterhin
bei bester Laune sein nächstes Bier trinken
und dazu ein weiteres Stück Fleisch
und eine schwäbische Brezel essen.

Ungefähr zehn Minuten später kam Elke wieder zurück,
keiner hatte sie vermisst
und so mischte sie sich unauffällig mit ihren
verstrubbelten Haaren und der zerknitterten weißen
Bluse wieder unter die Gäste des Richtfestes.

Weit nach Mitternacht war das Richtfest zu Ende
und die Nachbarn waren per du
und kamen gut miteinander klar,
alle Nachbarn hatten das Gefühl hier gut leben zu können.
Nur Karl konnte das immer noch nicht glauben,
was er am Abend zuvor gesehen hatte,
für ihn brach seine eigene kleine moralische Welt zusammen.
Nun war ihm klar, dass die Geschichte in den Weinbergen,
mit dem Vater des Maurers auch der Wahrheit entsprach,
denn es konnte nur so sein, diese Frau war krank nach Sex,
eben eine Nymphomanin,
so etwas gibt es wohl tatsächlich im echten Leben.

Karl arbeitete jeden Abend und auch am Wochenende
bis tief in die Nacht auf seiner Baustelle,
ebenso war Otto zu jeder Zeit auf seinem Rohbau zu finden
um voran zu kommen.
Da fand dann auch schon das eine oder andere
nachbarschaftliche Gespräch unter Männern statt.
Otto teilte Karl mit, dass seine junge Frau
sich beim Thema Sex nicht immer beherrschen kann,
er hegt auch bedenken,
ob seine Frau immer zu einhundert Prozent treu ist.
Karl versuchte so unauffällig wie möglich das Thema
auf das Allgemeine zu bringen, bzw. das Thema zu wechseln.

Denn wenn er erzählen würde, was er schon gehört,
bzw. gesehen hatte,
würde bestimmt diese Beziehung nicht mehr lange anhalten
und dafür wollte Karl nicht schuldig sein.
Also schwieg er über dieses Thema
und versuchte sich so unauffällig wie möglich zu verhalten.

Karl lernte auch Ottos eineiigen Zwillingsbruder
über die Bauphase kennen, der nicht zu unterscheiden war,
lediglich die unterschiedlichen Frisuren
waren ein Erkennungsmerkmal.
Er war verheiratet mit einer jungen Frau aus dem Nachbarort,
sie hatte eine extrem helle und schrille Stimme,
schulterlanges braunes Haar, schneeweiße Haut
und extrem große und schwere Brüste.
Sie schienen glücklich verheiratet zu sein,
aus der Ehe gingen drei nette Kinder hervor,
die aber nach Manier der Familie extrem sparsam
erzogen wurden.
Kleidung vom älteren Bruder waren Standard,
ein Eis an der Eisdiele oder eine Bratwurst am Wurststand
waren etwas was den Kindern komplett untersagt wurde.
Trotz alle dem waren sie glücklich,
auch wenn hier und da in der Schule gelästert wurde.
Otto mochten die Kinder ganz besonders gern,
er war nicht ganz so sparsam wie sein Zwillingsbruder
und auch immer für die Kinder zugänglich,
so entstand über die Jahre eine vertraute Beziehung zu ihm.
Die Kinder fuhren auch gern mal eine Runde
mit Ottos schönem Mercedes.
Auch mit Elke verstanden sich die Kinder hervorragend,
sie konnte gut auf die Kinder eingehen
und die Kinder hatten bei ihr immer das Gefühl wichtig
und etwas besonderes zu sein, das gefiel ihnen.

Dann war es auch bei Otto so weit und das Richtfest wurde
bei seinen Schwiegereltern Zuhause abgehalten,
Karl war mit seiner Frau Frieda auch eingeladen
und sie genossen die gute Küche der Schwiegermutter,
es gab gemischten Braten mit Spätzle und Soße,
Karotten und Erbsen, so wie Blumenkohl als Beilage,
davor noch eine Maultaschensuppe.
Die Stimmung war ausgelassen und alle tranken,
auch ein bisschen über den Durst.
Karl musste dringend auf die Toilette
und lief deshalb eilig aus dem Wohnzimmer,
wo die Party stattfand, öffnete die Toilettentür,
schaltete das Licht ein und erleuchtete
versehentlich das Schlafzimmer der Schwiegereltern,
denn er war im falschen Raum gelandet.
Weil er schon etwas getrunken hatte,
registrierte er nicht gleich was er sah,
Elke und ein Zimmermann lagen halbnackt auf dem Ehebett
ihrer Eltern und vollzogen den Liebesakt,
wobei sie auf dem Rücken lag
und er die Missionarsstellung einnahm.
Erschrocken schauten beide in das helle Licht,
das plötzlich an war,
Karl schaltete sofort das Licht wieder aus
und verließ den Raum so schnell es ging, in seinem Zustand.
Das konnte doch nicht wahr sein, schon wieder
und mit so einem hohen Risiko erwischt zu werden.
Man könnte meinen,
die haben es darauf angelegt ertappt zu werden.
Karl war ein Gentleman und erzählte natürlich niemanden
über das Ereignis, er war sich auch nicht sicher,
ob die zwei Ihn in dem kurzen Moment des Lichts
überhaupt erkannt hatten.

Ein paar Tage später sah er seine Nachbarin vor der Haustür
und grüßte freundlich wie immer,
sie hatte ihn wohl nicht erkannt,
oder war eine verdammt gute Schauspielerin, dachte er.
Der Smalltalk, wie unter Nachbarn üblich,
wurde von beiden ohne besondere Vorkommnisse gehalten.
Das Leben ging weiter,
ebenso die Arbeit auf den Baustellen der beiden Häuser.

Nach einem Jahr war es so weit,
dass der Gipser Ottos Haus verputzen und streichen sollte,
dazu kam er mit seinem uralten kleinen Lieferwagen vorbei,
stellte ihn auf der Straße ab und beide besprachen
die folgenden Arbeitsschritte
und den terminlichen Ablauf vor dem Haus.
Karl sah von weitem wie sich der Lieferwagen
selbstständig machte und rückwärts auf der Straße
hinunter rollte, das ganze ohne Fahrer.
Karl war zu weit entfernt, um das Auto noch zu stoppen,
deshalb rief er Otto zu,
„Achtung, das Auto des Gipsers rollt weg".
Otto rief zurück, „was schreist du denn so aufgeregt".
Karl wiederholte und schrie aus voller Brust:
„Achtung, das Auto des Gipsers rollt weg".
Nun hatten Otto und der Gipser verstanden,
schauten zum Auto und rannten Los, um dieses zu stoppen.
Trotz einem beeindruckendem Sprint von beiden Männern,
konnten sie das Auto nicht mehr rechtzeitig erreichen
und anhalten.
So blieben sie in einem Abstand von circa fünfzehn Meter
stehen und konnten nur noch zuschauen,
wie der Lieferwagen rückwärts in den nächsten Rohbau
auf der anderen Straßenseite krachte.

Ein paar Sekunden später standen alle vor dem Auto,
das erstaunlicher Weise kaum Schaden genommen hatte,
sie versuchten es den Berg hinauf über den Acker
vor dem Haus zu schieben.
Leider bewegte sich das Auto kaum
und so organisierte der Gipser einen Landwirt aus der Gegend,
der anschließend das Auto vom Unfallort über den Acker,
mittels einem Traktor, heraus zog. Der Lieferwagen
lief sofort wieder und hatte nur eine sehr kleine Beule,
auch der Rohbau nahm eigentlich keinen Schaden,
ein paar Kratzer an den Mauersteinen, das war alles.
Auf den Schreck kamen alle Beteiligten zusammen
und tranken erst mal ein Bier,
um die Nerven zu beruhigen und sich bei allen,
aber vor allem sich bei dem Landwirt zu bedanken.
Das war eine Aktion, über die noch lange erzählt wurde
und ein zweites Bier musste dran glauben.

Karl wohnte schon in seinem Haus, das aus mehreren
Wohnungen bestand, als auch Otto endlich einziehen konnte.
Beide Häuser sind schön geworden, Karls Haus mehr modern
mit weiß gestrichenem Dachvorsprung,
einem trapezförmigen Erker,
modernen vorgebauten halbrunden Rolladenkästen,
einen großzügig überdachten Hauseingang,
einen großen Balkon und eine noch größere Terrasse,
so wie zwei Fledermausgaupen im Dachgeschoss,
die jeweils über die Breite des Hauses verliefen.
Ottos Haus entsprach einem märchenhaften Landhaus,
das Gebälk braun gehalten, einen Balkon über die gesamte
Länge des Hauses und ein Dachvorsprung der rundum
das Haus weit überragt, gegenüber des Hauseingangs
wurde ein kleiner Erker zum Garten hin errichtet,
so wie eine kleine schöne Terrasse.

Beide Häuser wurden weiß gestrichen
und hatten rote Naturziegel auf dem Dach,
die Hauseingangstüren wurden ebenfalls weiß gestaltet,
Karl seine modern mit asymmetrischen Gläsern
und Ottos romantisch passend zum Landhausstil.

In der Zwischenzeit wurde auch das Haus
von Ottos Nachbar fertig gestellt, er hieß Rudi,
war ein Softwareingenieur
und programmierte zuhause in seinem Büro.
Er war eine echte Sportskanone,
lief drei Mal am Tag zum Joggen
und das mit einer rekordverdächtigen Geschwindigkeit.
Später erfuhr Karl und Otto,
dass Rudi und seine ganze Familie extrem religiös war,
Rudi predigte jeden Sonntag in seiner Gemeinde
und nahm das alles sehr ernst. Rudis Frau hieß Bärbel
und beide waren etwas unscheinbar, durchschnittlich groß,
beide braunes Haar, wobei Rudis schon etwas grau meliert war.
Sie waren schlank und er wirkte ausgemergelt,
vermutlich durch seinen ständigen und extremen Sport.
Seine Frau Bärbel und er hatten gemeinsam vier Söhne,
so wie die Orgeln pfeifen. Die neuen Nachbarn hielten
sich immer zurück und wollten im Hintergrund bleiben.

Hinter Otto Grundstück wurde auch angefangen zu bauen,
als erstes erfolgte der Erdaushub,
im Wohngebiet war eine Erdaufschüttung von
maximal sechzig Zentimeter zulässig.
Doch hinter Ottos Haus türmte sich das Erdreich
bis über das Niveau seiner Dachrinne,
als er aus dem Fenster schaute sah er nur noch Erde vor sich,
er regte sich darüber furchtbar auf.

Der neue Nachbar bemerkte dies
und beruhigte ihn, mit der Aussage,
dass das meiste wieder abgetragen würde
und auf der Erddeponie entsorgt wird.
Aus irgend einem Grund traute Otto dem neuen Nachbarn nicht
und auch nicht der Aussage mit der Erddeponie.
Nach Fertigstellung des Hauses stellte sich heraus,
dass Otto recht behalten hatte,
denn der Hang wurde mit einer senkrechten Naturmauer
kurz vor Ottos Grundstück gesichert
und die Erdaufschüttung war mehr als zwei Meter hoch,
nun schaut Otto immer auf die Mauer
und im Herbst fallen alle Blätter in seine Dachrinne,
bzw. sein Grundstück hinab.
Er regte sich noch viele Jahre danach über diesen Zustand auf,
zu Recht meinte auch Karl.

Nach und nach wurde die kleine Straße,
an dessen Ende sich eine Wendeplattform befand, besiedelt.
Ganz vorne zur Stichstraße, die als Zubringer diente,
wurden drei kleine blaue Reihenhäuser gebaut,
obwohl im Bebauungsplan nur Doppelhaushälften
genehmigt waren. In einem dieser Häuser zog ein Paar
mit Migrationshintergrund ein, sie schrien sich Tag
und Nacht an und die Nachbarn begannen sich schon
darüber zu beschweren.
Es wurde täglich schlimmer
und es kreuzte manchmal sogar die Polizei auf,
um für Ruhe und Ordnung zu sorgen.
Das paar machte , wenn sie sich nicht gerade stritten
und anschrien, eigentlich einen ganz netten Eindruck,
auch das Haus und der Garten war gepflegt.
Aber irgend ein Problem schienen die zwei zu haben,
sonst würde es nicht ständig eskalieren.

Am Samstag kam die Polizei mit Blaulicht angefahren
und rannten in das mittlere blaue Haus,
in dem das streitsüchtige Paar wohnte.
Karl und Otto konnten sich vor Neugier nicht mehr halten
und betrachteten das Geschehen aus der Ferne,
wenn man fünfzig Meter fern nennen kann.

Die Polizisten begleiteten die heulende Frau aus dem Haus
und beruhigten diese auf der kleinen Straße der Sackgasse,
zu diesem Zeitpunkt schauten alle Anwohner aus dem Fenster
oder standen bereits auf der Straße, Karl und Otto
beobachteten in geräumigen Abstand das Geschehen.
Es wurde heftig unter den Nachbarn getuschelt,
von einem Unfall wurde gesprochen, einem Schlaganfall
oder Herzinfarkt, alle wussten was beizutragen.
Dann kam der Rettungswagen mit Blaulicht und Sirene
um die Ecke gerast, gefolgt vom Notarzt im Pkw.
Die Sanitäter und der Arzt rannten aus den Fahrzeugen
und direkt in das blaue Reihenhaus.
Nach circa fünfzehn Minuten gingen die zwei wieder
aus dem Haus und sprachen noch kurz mit der Polizei,
bevor sie anschließend in ihre Fahrzeuge einstiegen
und davon fuhren,
diesmal ohne Sirene und mit gemäßigter Fahrweise.
Die Straßenbewohner, waren sich einig,
es konnte wohl nicht so schlimm gewesen sein,
wenn die Sanitäter und der Arzt wieder normal davon fuhren.
Die Dorfpolizei sprach abwechselnd noch gute zwei Stunden
mit der Ehefrau, ihrem Bruder und dessen Vater auf der Straße.
Dies war doch etwas seltsam
und die Gerüchte flammten wieder auf.
Wo ist der Ehemann der streitsüchtigen Frau,
geht es ihm immer noch nicht besser ?

Dann bog der Leichenwagen in der kleinen Gemeinde,
in die kurze Sackgasse hinein.
Es stiegen vor dem blauen Reihenhaus zwei Herren
im schwarzen Anzug aus und trugen einen einfachen,
schlichten Aluminiumkasten gemeinsam in das Haus.
Nach ein paar Minuten kamen die zwei Herren zurück
und luden den Aluminiumkasten wieder in den Leichenwagen,
sprachen noch kurz mit der Polizei
und tauschten Dokumente aus.
Danach fuhren sie wieder weg,
die Straßengemeinschaft stand geschockt auf der Straße.
Nun war klar, irgendetwas musste passiert sein,
dass der Ehegatte der streitsüchtigen Frau
im Leichenwagen abtransportiert wurde,
denn nur er war nicht mehr zu sehen,
sonst war ja keiner mehr im Reihenhaus.
Die Dorfpolizei fuhr nun auch davon
und es kehrte langsam wieder Ruhe in die kleine Sackgasse,
es fiel auf, dass es wirklich sehr ruhig war,
denn das Geschrei der beiden war auch verschwunden.
Die Frauen der Straße gingen auf die sehr gefasste Witwe
des blauen Häuschens zu und fragten vorsichtig
„was wohl passiert sei",
natürlich ging die Antwort schnell die Runde.
Die streitsüchtige Frau erzählte,
„mein Gatte mähte noch sehr sorgsam den Rasen
und ging anschließend auf die Bühne um etwas zu holen.
Sie, ihr Vater und ihr Bruder saßen im Wohnzimmer
und tranken Wodka, das ist in unserer ehemaligen Heimat
so üblich, wenn man sich besucht. Weil aber ihr Gatte längere
Zeit nicht mehr ins Wohnzimmer kam, schauten die drei
auf der Bühne nach, wo er denn bleiben würde.

Dann sahen sie ihren Ehemann,
aufgehängt an einem dicken Seil mitten im Dachstuhl hängen,
er hatte sich wohl aufgehängt und den Stuhl unter sich
weggestoßen.
Das ganze sah wie in einem alten,
aber auch sehr schlechten Western aus.
Ich rief die Polizei an und meldete den Vorfall,
dann erschien die Dorfpolizei und nahm sich den Fall an".
Alle wunderten sich,
dass so ein Fall von der Dorfpolizei bearbeitet wurde,
in jedem Kriminalfilm erscheint die Mordkommission
ermittelt exakt und professionell,
danach kommt die Spurensicherung,
analysiert und dokumentiert alles ganz genau.
Der Polizei kam es merkwürdig vor,
dass der Ehegatte nicht einmal einen Abschiedsbrief schrieb
und dass er zuvor noch den Garten perfekt gemäht hatte,
dass sei in so einem Fall sehr unüblich.
Tage später wuchsen die Gerüchte in der kleinen Sackgasse
sehr stak an und es wurde getuschelt, dass die Ehefrau,
ihr Vater und Bruder den Ehegatten
wohl auf die Bühne brachten und auf hängten,
sich dann anschließend schnell mit Wodka betranken.
Die Wahrheit wird man hier wohl nie erfahren,
insbesondere wenn die Dorfpolizei,
ohne irgend eine Qualifikation, solche Dinge ermittelt.

Karl und Otto,
so wie dessen Frauen wurden langsam gute Freunde,
verbrachten ab und zu gemeinsam Tagesausflüge miteinander,
oder schauten sich nach dem Urlaub von Karl und Frieda
dessen Urlaubsfotos an.

Den Karl und Frieda gingen mindestens vier Mal pro Jahr
in den Urlaub, in noble fünf Sterne Hotels am Strand,
auf Rundreisen, oder Kreuzfahrten,
mit dem Segelboot auf Tour,
oder Karl fuhr mit dem Motorrad auf einen Trip.
Da waren Otto und Elke
schon manchmal ein klein wenig neidisch,
aber beide gönnten Karl und Frieda die schönen Urlaubsreisen
und freuten sich immer herzlich,
wenn diese gesund aus dem Urlaub zurück kamen.
So wie es unter guten Freunden üblich ist.
Elke war immer verliebt in Karl,
in den Gesprächen mit Frieda kam dies oft zum Vorschein,
aber Karl erlag nicht der Versuchung seiner Nachbarin
und ließ sich auf nichts ein.
Er war eben fest in seinem Wesen und der Moral,
er hatte feste Vorstellungen von einer Ehe.
Selbst als Karl für über vier Wochen,
auf eine selbstorganisierte Rundreise nach Zentralafrika,
mit seinem besten Freund flog und die Mondberge in Uganda
und Kongo bestieg, den Serengeti Nationalpark
und den Ngorongoro National Park besuchte,
den Viktoriasee überquerte, auf die Insel Sansibar übersetzte
und letztendlich noch Kenia bereiste,
blieb er seiner Frau treu,
auch wenn es genug eindeutige Angebote in Afrika gab.
Er wusste was sich gehörte und das Vertrauen seitens seiner
Frau sollte nicht enttäuscht werden.

Die gegenseitigen wöchentlichen Besuche der beiden
guten Nachbarn wurden meisten mit einem
Gläschen Württemberger oder im Sommer mit einem
frischen Hefeweizen und ein paar Süßigkeiten
oder Chips genossen.

Der sogenannte „Trollingerabend" war geboren.
Trollinger ist eine bekannte, beliebte Rotweinsorte
im süddeutschen Raum und wird im Schwäbischen
gern getrunken, oft auch gemischt mit der Rotweinsorte
Lemberger, den sogenannten Trollinger-Lemberger.

Dann kam Elkes Geburtstag und selbstverständlich war
Karl und Frieda auch unter den Gästen,
es war ein schönes gemütliches Grillfest
und Frieda blieb die ganze Zeit auf ihrer Party sichtbar,
sie genoss das bunte Treiben, die vielen Gäste
und natürlich die schönen Geschenke.
Auf der Party waren u.a. auch zwei junge
südländische Männer, die niemand kannte, außer Elke.
Es wurde spät und kurz nach Mitternacht war die Party vorbei,
denn Otto musste am nächsten Morgen früh raus, zur Arbeit.

Am nächsten Morgen, eine halbe Stunde nach dem
Karl und Otto zur Arbeit gefahren waren,
kamen die zwei jungen südländischen Männer
und besuchten Elke in ihrem Haus.
Als Elfriede das sah, kam ihr dies schon sehr merkwürdig vor.
Es dauerte nicht lange, da hörte sie aus Ottos Haus
ein lautes stöhnen von mehreren Leuten,
die Stimme von Elke war deutlich durch die
offene Balkontür zu hören.
Frieda schaute durch die Balkontür, denn der Vorhang war
offen und sie konnte sehr gut hinein sehen,
doch sie traute ihren Augen nicht, was dort zu sehen war.

Elke ritt nackt auf dem Mann, der unter ihr auf dem Sofa lag,
ihre stark erregten Brüste wippten auf und ab
und der junge Mann unter ihr griff immer wieder nach ihren
nackten Brüsten und knetete diese kräftig durch,
gleichzeitig schob Elke die Vorhaut des erregten Gliedes
des anderen jungen Mannes, der nackt neben ihr stand,
vor und zurück, von allen war ein geiles stöhnen zu hören.
Schnell und unauffällig lief Frieda wieder zurück zu ihrem
Haus, in ihre Wohnung.
Das ganze schockte sie so, dass sie sich erst mal
auf ihr Sofa setzte und einen starken Schnaps trank.
Nach über einer Stunde gingen die zwei jungen Männer
wieder aus dem Nachbarhaus.

Am Abend kamen die beiden Ehemänner
Karl und Otto von der Arbeit
und freuten sich auf ein kleines nachbarschaftliches
Schwätzchen, alles war wie immer.
Otto und Elke planten eine erste große Reise,
zumindest für die Beiden war die Reise groß,
denn sie flogen das erste Mal mit einem Flugzeug
auf die Insel Lanzarote.
Für beide war das schon sehr spannend,
da dies alles neu und aufregend war.
Sie genossen den Urlaub in vollen Zügen
und ihre Beziehung lebte auf,
die südliche Wärme, das angenehme Klima
und natürlich die Urlaubsstimmung taten ihr übriges.
Sie träumten im Urlaub von dieser schönen Insel mit ihren
kahlen und seltsamen Felsformationen.
Staunten wie der Wein, auf dieser Insel,
in den kleinen Kratern angebaut wurde,
um möglichst viel Wasser der Pflanze zukommen zu lassen.

Bewunderten den berühmten Künstler César Manrique,
der auf der ganzen Insel gegenwärtig war
und seine Skulpturen überall zur Schau stellte.
Die Höhlen mit den seltsamen weißen Tieren,
das Tal der Palmen, die altertümlichen
Salzgewinnungsanlagen,
die Dromedare auf denen sie geritten sind
und natürlich die wunderschönen Strände
mit dem kristallklarem Wasser des Atlantiks,
all das konnten die beiden genießen
und gedanklich mit nach Hause nehmen.

Zurück aus dem Urlaub gab es viel zu berichten,
dies taten beide noch ganz aufgeregt vom Urlaub,
bei einem Gläschen Wein mit Karl und Frieda.
Nun konnten beide auch nachvollziehen,
warum Karl und Frieda so gern in den Urlaub gingen
und die fernen Länder besuchten.
Karl und Frieda waren schon als jugendliche
auf der kanarischen Insel Lanzarote.

Alles folgte wieder seinen gewohnten Gang
in der kleinen Sackgasse des schwäbischen Dorfes.
Karl war mit den Vorbereitungen seiner großen
Zentralamerikarundreise beschäftigt und Frieda
nutzte die Zeit für Haushaltsarbeiten in ihrem modernen Haus.
Karl und Frieda legten Wert auf einen
schönen gepflegten Garten, so wie ein ordentliches Haus
und eine perfekt gepflegte, saubere und aufgeräumte Wohnung.
Im Garten hatten sie einen Teich mit Kois und Shubunkins,
so wie ein paar Goldfischen, um den Teich liefen mehrere
griechische Landschildkröten,
so wie Vierzehensteppenschildkröten herum.

Denn Karl war im DGHT, der „Deutsche Gesellschaft für Herpetologie und Terrarienkunde",
Reptilien war sein Hobby und er nahm regelmäßig an Veranstaltungen und Fachvorträgen in der Wilhelma in Stuttgart teil.
Karl pflegte nicht nur die Tiere konsequent und sehr professionell,
er züchtete sogar Nachwuchs mit diesen Tieren,
in dem er die gelegten Eier der Schildkröten nach der Eiablage vorsichtig ausgrub,
die Position zuvor markierte, um diese dann in gleicher Lage in den Brutapparat, der im Wohnzimmer stand zu überführen.
Alle weiblichen Schildkröten legten mindesten zwei Mal pro Jahr ein Gelege zwischen fünf bis acht Eier, je nach Rasse der Tiere,
wobei die kleineren griechischen Schildkröten aus der kroatisch-bosnischen Unterart nur je fünf Eier legten, bedingt durch die kleine Größe.
Weil die Gelege nicht immer befruchtet waren, gab es einen deutlichen Schwund.
Die Freude und die Begeisterung über den Nachwuchs war aber dennoch jedes Mal Riesengroß.

An einem schönen sonnigen Nachmittag kam Elke ganz aufgeregt zu Frieda und erzählte von ihrem Schwiegervater, der sofort ins Krankenhaus gebracht werden musste.
Der Wassermeister fragte Frieda und Elke bejahte,
was ist den passiert fragte Frieda ?
„Mei Schwiegervater war auf m Stückle
(gemeint war die Streuobstwiese im Nachbarort)
und mähte dort den Rasen mit einem starken Motorrasenmäher.
Dabei passte er nicht auf und der Rasenmäher fuhr über seinen rechten Fuß,
das Schnittblatt durchtrennte fast den ganzen großen Zehen.

Er verband den stark blutenden Zehen ein wenig
und mähte den Rasen weitere zwei Stunden,
bis eben alles fertig gemäht war,
dann packte er alles zusammen, räumte auf
und fuhr selber direkt in das nächst gelegene Kreiskrankenhaus
um den Zehen wieder annähen zu lassen.
So ist mein Schwiegervater, erst die Arbeit, dann alles Weitere.
Er hatte viel Glück im Unglück, denn der Schnitt war sehr glatt
und so konnte der Zeh wieder gut angenäht werden.
Im Krankenhaus waren sie allerdings erstaunt,
warum die Wunde schon so alt war.
Er erklärte den Vorgang und sah es als selbstverständlich an,
zuerst die Arbeit abzuschließen, die Ärzte schüttelten
nur den Kopf, so etwas haben sie noch nie erlebt".

Rudi und Bärbel packten die Koffer,
denn Rudi wollte in die Türkei fliegen, um dort seinen Sport,
dem Joggen in einer gemischten Laufgruppe auszuüben.
Es sollten zwei Wochen sein
und seine Frau Bärbel wollte nicht mitgehen,
weil sie nichts vom Sport hielt
und sich auch um die vier Kinder kümmern musste.
Die Predigt die Rudi normalerweise in der Kirche abhält,
müsste ausnahmsweise eine Vertretung durchführen,
aber auch das hatte der pflichtbewusste mehrfache
Familienvater gut organisiert.
Er freute sich schon sehr auf das milde und warme Klima
in der Türkei und die Etappen auf denen er sich mal wieder
so richtig verausgaben konnte.
Am nächsten Morgen fuhr seine Frau ihn zum Flughafen
und beide verabschiedeten sich,
auf der Fahrt zurück in ihr Dorf freute sie sich auf die vielen
Aufgaben die zu erledigen waren und natürlich
auf die Wiederkehr ihres Mannes in zwei Wochen.

Sie malte sich schon aus, wie sie ihn überraschen konnte
und wollte zum Empfang die aufregenden schwarzen Dessous
für ihren Gatten tragen.

Zu besonderen Anlässen, oder wenn sie ihren Gatten zu etwas
überreden wollte, dann trug sie die schwarzen, fast
durchsichtigen Nylonstrümpfe die an den Strapsen
befestigt waren, dazu die passende schwarze Büstenhebe,
die ihre schönen Brüste anhoben
und größer darstellten als sie waren.
Natürlich trug sie darunter kein Slip,
denn sie wollte sofort parat sein, wenn er nach zwei Wochen
Enthaltsamkeit so richtig gierig wurde.
In Ihrer Fantasie lief jetzt schon alles wie in einem Film ab
und das Höschen, nur durch diese erregenden Gedanken,
wurde jetzt schon etwas feucht.
Wie soll das erst nach zwei Wochen Enthaltsamkeit werden ?
Sie wechselte schnell die Gedanken und konzentrierte
sich wieder auf die Fahrt in ihrem kleinen Auto.

In den nächsten Tagen vertrieb sich Bärbel die Zeit mit den
üblichen Haushaltsarbeiten, als sie in den Kinderzimmern
im Dachgeschoss die Betten ihrer Kinder machte,
schaute sie kurz zum Fenster hinaus
und sah in Elkes Wohnzimmer Licht.
Aus den Dachgauben Fenstern der Kinderzimmer
konnte sie direkt in das Wohnzimmer von Ottos Haus sehen.
Sie sah dort Elke nackt durch das Wohnzimmer rennen
und dachte sich, die hat es aber eilig.
Bis sie den jungen Mann, ebenfalls nackt,
hinter Elke her rennen sah.

Als er sie erreichte fingen beide heftig an zu knutschen,
anschließend bückte sich Elke
und fing an ihn oral zu verwöhnen,
es dauerte nicht lange bis beide die Stellung wechselten
und der junge Mann Elke von hinten befriedigte,
dabei stieß er so fest zu, das ihre Brüste heftig hin und her
geschleudert wurden. Dabei griff er immer wieder
nach den jungen festen Brüsten um diese zu drücken.
Elke fing an immer heftiger zu stöhnen,
im Gleichklang mit dem jungen Mann.
Bärbel konnte das nicht länger mit ansehen
und lief in das Erdgeschoss, um weiter das Mittagessen
für ihre Kinder und sich vorzubereiten.
Immer wieder dachte sie darüber nach,
ob Otto das nicht langsam mitbekommen würde,
denn das Theater geht nun schon seit die beiden hier wohnen
und Elke hatte immer andere Liebhaber,
manchmal auch zwei oder drei gleichzeitig.
Sie hoffte, dass ihre Kinder das nicht irgendwann entdecken,
das wäre mega-peinlich, aber normalerweise waren sie
um diese Zeit noch in der Schule.

Bärbel lief vor das Haus um die Blumen ein wenig zu gießen,
dabei traf sie Frieda, die gerade ihren Hausmüll entsorgte.
Bärbel teilte Frieda mit,
was gerade mal wieder in Ottos Haus ablief,
schon wieder ist die Elke am Poppen mit einem fremden Mann.
Bärbel fragte Frieda,
„sollen wir das nicht mal Otto zustecken" ?
Erschrocken antwortete Frieda, „auf gar keinen Fall,
ich möchte nicht daran schuld sein,
wenn die Ehe zerstört wird,
nur weil wir uns in ihre Ehe eingemischt haben".

Bärbel meinte, „ja, aber so kann es auch nicht weiter gehen,
irgendwann entdecken das womöglich meine Kinder
und ich habe ja vier Jungs.
Was soll ich denen dann sagen,
nur weil wir hier immer still halten und wegschauen".
Beide einigten sich darauf, lieber zu Schweigen
und jede der Frauen lief wieder zurück in ihr Haus.

Karl und Otto kamen von ihrer Arbeitsstelle nachhause
und machten sich daheim anschließend
über die Gartenarbeit her.
Hielten über die Grundstücke einen kleinen Plausch
unter Nachbarn und verabschiedeten sich,
um weiter im Garten zu arbeiten.

Anschließend schaute Karl nach seinem neu eingerichteten
Aquarium im Wohnzimmer, beim Beobachten mit seinen zwei
Jungs, stellte einer fest,
„da sind ja ganz kleine junge Fische drin".
Karl blickte nochmal genau hin und entdeckte die Jungfische,
„tatsächlich Nachwuchs im Becken".
So schnell und so viele,
darauf war er in so kurzer Zeit nicht vorbereitet.
Er sagte zu seinen Jungs, „da waren die Fische aber fleißig",
Frieda kam vorbei und bestaunte auch den Nachwuchs.
Die Kinder meinten,
„wir müssen den kleinen Fischen noch Namen geben".
Karl antwortete, „wie wollt ihr die denn unterscheiden,
die sehen doch fast alle gleich aus
und außerdem sind es viel zu viele kleine Fische".
Die Familie ging in die Wohnküche zum Abendessen
und anschließend schauten sie noch einen Film,
im Fernsehen, mit ihren Kindern.

Danach wurde es Zeit für die zwei kleinen Zwerge,
schlafen zu gehen.
Nach dem Waschen noch einen gute Nacht Kuss
und dann wurden die Kinder ins Bett gebracht.
So vergingen die Tage,
einer glich dem anderen, es gab nichts neues.

Elke hatte sich in der Zwischenzeit auch ein kleines Aquarium
zugelegt und fragte immer wieder nach,
ob Karl ihr etwas helfen könnte bei diesem oder jenem.
Karl, hilfsbereit wie er nun mal war, half in der Theorie
und der Praxis immer gern bei Elke ihren Fragen, bzw. den
Aufgaben bezüglich des Aquariums vor Ort in ihrem Haus aus.
Aber immer wenn er länger als fünf Minuten allein bei Elke
in der Wohnung war, klingelte es und Frieda hatte jedes Mal
eine Frage oder wollte nach dem Resultat sehen. Karl war
schon klar, warum Frieda immer schnell zu Stelle war !

Die zwei Wochen waren vorbei und Rudi
kam aus der Türkei zurück,
Bärbel zog ein Gesicht wie sieben Tage Regenwetter.
Denn Rudi hatte vorher angerufen und ihr mitgeteilt,
dass sie ihn nicht vom Flughafen abholen bräuchte,
er kommt mit dem Taxi nachhause
und bringt noch zwei Sportkolleginnen mit.

Bärbel war ganz schön enttäuscht und genervt,
nach zwei Wochen und dann so etwas,
jetzt hatte sie sich schon so gefreut und alles zurecht gelegt,
Dessous, usw. und jetzt bringt der auch noch Gäste mit.
Na ja, vielleicht sind die Sportkolleginnen ja ganz nett
und der Abend wird kurzweilig,
anschließend könnte sie Rudi ja immer noch überraschen.

So wurde der gute Laune Pegel wieder etwas besser
und sie freute sich trotzdem.

Rudi und die zwei Frauen stiegen aus dem Taxi,
lachend und kichernd liefen die drei auf Rudis Haus zu.
Die Frauen kamen in High Heels, sehr kurzen Röcken
und engen bunten Blusen, beide hatten eine schlanke,
sportliche Erscheinung und braunes langes gelocktes Jahr,
bei der größeren von beiden stach einem sofort der
große feste Busen ins Auge.
Bärbel wurde nun doch ganz schön nervös,
versuchte sich aber nichts anmerken zu lassen.
Öffnete die Tür, bevor die drei klingeln konnten
und umarmte ihren Gatten, begrüßte ihn mit einem dicken Kuss
und fing aufgeregt das Gespräch an.

Alle tranken im Wohnzimmer ein Glas Sekt zur Begrüßung
und plauderten gemütlich.
Bärbel sah, wie ihr Rudi seine Arme vertraulich
um beide Frauen ihre Taillen legte.
Bevor sie etwas sagen konnte sprach Rudi,
„ich habe mich ein bisschen verliebt in die zwei Frauen
und möchte mit ihnen zusammen wohnen,
Bärbel kannst du dir vorstellen, dass die zwei Frauen
bei uns ins Haus einziehen und wir zu dritt glücklich werden.
Platz wäre doch genug da und ich liebe dich Bärbel,
aber die anderen zwei Frauen liebe ich halt auch".
Bärbel fiel aus allen Wolken, sie wusste nicht,
ob sie zuerst weinen oder vor Zorn schreien sollte.
Fragte dann aber gefasst, „wie meinst du das genau".
Rudi sagte nochmals, „die zwei wohnen ab jetzt auch hier
und wir könnten uns ja zu viert lieben, oder wenn dir, Bärbel,
das unangenehm ist, auch einzeln, usw.".

Dann explodierte Bärbel, schrie Rudi an,
„hast du nicht mehr alle Tassen im Schrank,
wo ist dein Verstand geblieben ?
Was soll deine Kirchengemeinde denken,
wie sollen das die Kinder verarbeiten,
das Ganze ist wohl ein schlechter Scherz.
So eine Schweinerei mache ich nicht mit,
überlege dir das ganze nochmal.
Ihr zwei Schlampen,
sofort raus aus meinem Haus, aber ganz schnell".

Die zwei Frauen keiften zurück und meinten u.a.,
„Rudi wir haben dir das gleich gesagt,
deine spießige Frau wird da nicht mitmachen, usw.".
Die zwei Frauen gingen aus dem Haus und fragten Rudi,
 „gehst du mit uns mit und wohnt bei uns,
wenn deine Frau zu keiner Kooperation bereit ist,
wir hatten das im Urlaub für diesem Fall
zuvor schon so besprochen".
Rudi schrie seine Frau an und teilte ihr mit,
„ich ziehe zu den zwei Frauen,
schmiss die Haustür hinter sich zu und ging".
Alle drei liefen eilig in Richtung Dorf,
vermutlich um mit dem Zug oder einem Taxi zu verschwinden.
Bärbel schrie verzweifelt und enttäuscht
ein paar Brocken hinterher, aber in diesem Moment wusste sie
nicht mehr wirklich was sie mitteilen wollte.

Bärbels kleine, zufriedene und geordnete Welt brach
zusammen, sie war außer sich vor Wut.
Dann folgten heftige Weinkrämpfe,
die ganze Sackgasse war jetzt informiert,
denn das Geschrei vor dem Haus
war für jedermann unüberhörbar.

Otto fuhr wie immer sehr früh zur Arbeit,
erledigte sein Aufgaben mit Freude im Büro.
Als es ihm auf einmal übel wurde,
musste er schnell zur Waschraum rennen,
um sich über der Toilettenschüssel zu übergeben.
Im war hundeelend, so etwas hat er noch nie erlebt,
normalerweise war er immer fit und nie krank.
Doch hier bahnte sich etwas an.
Er fuhr mit seinem Auto nach Hause um sich auszuruhen,
erschöpft angekommen, versuchte er die Haustür mit dem
Schlüssel zu öffnen, dies funktionierte leider nicht,
weil schon ein Schlüssel von innen im Türschloss steckte.
Er klingelte, aber seine Frau öffnete die Haustür nicht.
Sie musste aber doch im Haus sein,
weil die Tür ja von innen verschlossen war,
es schoss ihm durch den Kopf,
vielleicht ist Elke etwas passiert.
Ein Unfall, Herzinfarkt oder sonst etwas Schlimmes,
ihm wurde noch übler, Panik ergriff ihn.
Er lief schnell ums Haus, um zu sehen,
ob es eine Möglichkeit zum Einstieg ins Haus
über den Balkon oder ein offenes Fenster gab,
vor dem Schlafzimmerfenster blieb er stehen, weil dort
Bewegungen und Geräusche im Raum zu entnehmen waren.
Nervös blickte er durch das Fenster,
da die Gardinen ein Spalt weit geöffnet waren,
hatte er eine gute Sicht nach innen.
Was er dort sah, zog ihm fast den Boden unter den Füßen weg,
sein Kreislauf brach noch mehr zusammen,
er musste sich auf dem Fenstersims abstützen,
um nicht zusammen zu brechen.

Elke lag splitterfasernackt in seinem Ehebett
mit einem fremden Mann,
bzw. sie kniete dort in der Hundestellung
und der fremde dunkelhaarige Mann schob seinen Penis
stöhnend immer wieder in ihre glatt rasierte Scheide
von hinten hinein, dabei klatschte er mit den flachen Händen
abwechselnd immer wieder auf ihren nackten Po. Otto klopfte
vor Zorn an die Fensterscheibe, aber keiner hörte ihn,
da die beiden so intensiv mit dem Sex beschäftigt waren
und dabei selber sehr laut stöhnten.
So war Otto gezwungen weiter zu schauen.
Die Stellung wurde gewechselt und Elke bearbeitete auf Knien
seinen Penis mit dem Mund und ihrer flinken Zunge,
er griff fest in ihr Haar und bewegte den Kopf
von ihr immer schneller, sein stöhnen wurde immer lauter
und hektischer, bis er schließlich den Höhepunkt erreichte
und seinen Samen in ihren Mund spritze.
Jetzt erst hörten beide das Klopfen
und schreien am Fenster des Schlafzimmers.

Elke schaute erschrocken und verwundert zum Fenster
und sah Ottos Konturen, der fremde Mann rannte zu seiner
Kleidung und zog diese hektisch an.
Elke zog sich zitternd den Bademantel über,
der im Schlafzimmer am Kleiderhaken hing.

Der dunkelhaarige Mann rannte ans andere Ende der Wohnung
und flüchtete über die Wohnzimmertür zum Balkon
aus dem Haus. Elke öffnete das Schlafzimmerfenster
und hörte sofort die brüllenden Vorwürfe von Otto:
„jetzt habe ich dich schon wieder mit einem fremden Mann
in meinem Schlafzimmer beim Ficken erwischt, das mache ich
nicht mehr mit, mir reicht es jetzt", schrie er aus voller Kehle.

Wenn Otto nicht die Wand und das Fenster zwischen ihm
und Elke gehabt hätte,
dann wäre ihm bestimmt die Hand ausgerutscht.
Beide schrien sich noch heftig an und alle Nachbarn
in der Nähe konnten dies hören.
Otto wollte in die Wohnung, aber Elke öffnete ihm nicht,
da sie das schlimmste befürchtete.
Ihre Schuld war ihr vollkommen bewusst,
sie bat immer wieder um Entschuldigung
und versprach ihm flehend,
das dies nie mehr vorkommen würde.
Otto erwiderte, „dass hast du mir schon so oft versprochen
und jedes Mal geht es so weiter mit dir,
ich glaube dir kein Wort mehr,
wer weiß wie oft du schon andere Männer gefickt hast,
in der Zeit, in der ich arbeiten gehe".
Weinend flehte sie ihn an und versprach
ihm immer wieder das gleiche,
„ich will mich ändern, das kommt nie wieder vor,
das schwöre ich dir, für unsere Ehe, unsere Liebe."
Das Geschrei ging noch ein ganze Weile am
Schlafzimmerfenster weiter, bis sie ihm doch noch die Tür
öffnete und im Haus weiter lautstark gestritten wurde.

Die nächsten Tage lag Otto im Bett
und kurierte seine Krankheit aus, er hatte sich wohl eine
schlimme Magen- Darmgrippe eingefangen.
Die Gewitterwolken schwebten noch eine Zeit lang
über ihre Ehe, bis sich langsam der Alltag wieder einstellte
und alles seinen normalen Lauf nahm.

Ein paar Wochen später, als Karl und Frieda
aus dem Urlaub von Kroatien zurück kamen
und mit Otto und Elke die gemeinsamen Urlaubsfotos
bei einem Glas Trollinger-Lemberger anschauten,
teilte Elke hoch erfreut mit,
dass sie in vier Wochen nach Bad Oeynhausen zur Kur fährt.
Otto machte ein leicht bedrücktes Gesicht, aber Elke meinte,
du kommst mich ja jedes Wochenende besuchen,
so sehen wir uns ja im Kurort
und können das Wochenende gemeinsam verbringen.
Karl hatte da maximale Bedenken, ob das wohl gut geht,
Elke allein mit lauter fremden Männern !
Natürlich sagte Karl nichts negatives
und freute sich für Elke und tröstete nebenbei Otto.

Eines Tages erzählte Otto im Garten von Karl,
dass er Elke nicht trauen würde, was die Kur betrifft,
weil sie den Sex wie andere das tägliche Brot braucht.
Karl versuchte ihn zu trösten und meinte,
„ihr seht euch doch jedes Wochenende im Kurort".
Otto erwiderte, „ich habe meine Frau in den sieben Ehejahren
genau sieben Mal mit einem anderen Mann in flagranti
in meinem Schlafzimmer beim Rammeln erwischt
und ich weiß nicht wie oft sie sonst noch fremd gegangen ist.
Die hält es doch keine Woche ohne Ficken aus,
wenn sie wieder fremd geht und ich das mitkriege,
dann reiche ich sofort die Scheidung ein".
„Ich mache das nicht mehr länger mit,
ich habe diese ständigen Demütigungen
und Hintergehungen satt, diesmal mache ich ernst,
ich will nicht zum Gespött des ganzen Dorfes werden,
es ist schon schlimm genug, wie es bisher lief".
Otto meinte dies tot ernst,
ihm war nicht zum Spaßen aufgelegt.

Karl tat sehr erschrocken
und konnte ihm leider nicht die Wahrheit sagen,
denn er wollte seinem Freund Otto
nicht noch mehr in die Krise stürzen.
Karl meinte nur,
„wenn sie so oft in flagranti von dir erwischt wurde,
dann kann ich das nachvollziehen,
wenn der Wunsch der Trennung beim nächsten Mal vorliegt.
Aber du musst ihr das klar und deutlich mitteilen,
damit sie noch eine Chance hat
und sich bessern kann, wenn sie den Ernst der Lage begreift,
dann wird sie vielleicht vernünftig".
Otto meinte, „die ist viel zu blöd um irgendwas zu erkennen,
wenn die einen Schwanz sieht gehen bei ihr alle Sicherungen
durch und es gibt kein Zurück".
Karl wollte Trost spenden,
ihn beruhigen und empfahl erst mal abzuwarten.
An diesem Abend trennten sich die zwei Freunde
unter keinem guten Stern, Otto war maximal frustriert
und Karl tat es unendlich leid ihm nicht die Wahrheit
sagen zu können, aber er wollte durch sein Zutun
nicht noch mehr die Ehe gefährden.

Karl sprach mit seiner Frau über das Thema
und beide waren sich einig, sich nicht belastend
in die Ehe zu mischen und sich neutral zu verhalten.

Nach ein paar Wochen war es dann so weit,
Elke wurde von ihrem Otto zur Kur gefahren.
Der Abschied fiel beiden schwer, Elke tröstete ihn,
dass sie sich in fünf Tagen ja wieder sehen
und sie werde schon kein Blödsinn machen,
denn ihre Ehe ist ihr wichtig.

Otto dachte sich seinen Teil, verabschiedete sich
und fuhr wieder zurück in sein kleines schwäbisches Dorf.
Zuvor sagte er ihr aber nochmals,
„dass er sie liebe und es ihm sehr ernst ist,
wenn sie diesmal wieder fremd geht,
reicht er sofort die Scheidung ein".
Mit einem sehr unguten Gefühl im Magen fuhr Otto zurück
und teilte seinem Freund Karl bei der Ankunft mit,
„ich spüre dass das nicht klappt, du wirst es sehen".
Karl versuchte ihn abermals zu trösten,
aber er ließ sich auf nichts ein, es war zum verzweifeln.

Elke rief am ersten Tag aus ihrer Kur Karl und Frieda an,
sie war ganz aus dem Häuschen und überschlug sich,
wie ein kleines aufgeregtes Kind, beim Sprechen.
Sie sagte, „ich habe mich verliebt,
in einen Mann der noch nie eine Frau hatte,
er ist ein bisschen behindert, aber ein ganz toller Mann.
Sie hat für heute Abend schon hunderte von Kerzen aufgestellt
und freute sich auf die erste Nacht".
Karl sagte, „Elke du kannst dich doch unmöglich am ersten
Tag
in einen anderen Mann verlieben und auch noch sofort
mit ihm schlafen, bedenke bitte Otto lässt sich scheiden,
wenn er das mitbekommt". Elke, „das ist mir egal,
ich bin verliebt, die Folgen sind mir Wurst".
Karl meinte, „überlege dir das nochmal gut,
du riskierst deine Ehe wegen einer Nacht mit einem
fremden Mann, willst du das wirklich,
ich kann dir nur abraten, denn Otto ist ein guter Mann.
Das hat Otto nicht verdient, er macht alles für dich
und du willst ihn hintergehen".

Elke erwiderte, „ich bin verliebt und lebe jetzt und hier,
alles andere interessiert mich nicht,
ich will diesen Mann und werde alles dafür tun,
um mit ihm eine tolle Nacht zu verbringen".
Karl und Frieda versuchten sie noch lange Zeit umzustimmen,
aber sie hatten keine Chance.

Am nächsten Tag rief Elke, Karl und Frieda wieder an
und teilte ganz überglücklich mit,
was für eine tolle Nacht sie mit dem neuen Mann gehabt hatte.
Sie schwärmte so überschwänglich von diesem Mann,
dass Karl und Frieda das nicht ganz
glauben konnten, wie ist es möglich nach nur einer Nacht
wirklich ernsthaft festzustellen,
dass das der neue Partner fürs Leben wird.
Das man den Sex bewerten kann, ist ja noch in Ordnung,
aber Rückschlüsse auf den Charakter,
die Zuverlässigkeit oder gar die Qualität eines Partners
langfristig zu bewerten, das geht unmöglich nach einer Nacht.
Deshalb baten Karl und Frieda
sie möge doch nicht alles überstürzen
und nochmals in Ruhe darüber nachdenken,
ihre Ehe steht auf dem Spiel
und sie war doch mit Otto bis heute auch glücklich,
ist das alles nichts mehr Wert, wegen einer Nacht !
Aber Elke war nicht mehr zu stoppen,
sie erzählte noch die Details über ihre Liebesnacht
und bat Karl und Frieda nicht dem Otto zu erzählen.
Selbstverständlich hielten sich Karl und Frieda daran
und erzählen Otto und auch sonst niemand
von den Romanzen in der Kur, die Elke gerade durchlebte.

Am Freitagabend war Otto wieder im Garten beschäftigt,
ebenso Karl. Bei dieser Gelegenheit teilte Otto seinem
Nachbarn und Freund mit, „irgendetwas stimmt doch da
in der Kur mit Elke nicht, denn nun soll ich auf einmal
nicht übers Wochenende zu Besuch kommen,
obwohl dies fest vereinbart war.
Die fickt doch bestimmt schon wieder einen anderen,
anders kann das nicht sein". Otto schaute Karl fragend an,
hat sie sich bei euch gemeldet und etwas erzählt ?

Karl beantwortete die Frage mit „nein",
obwohl er ein ganz schlechtes Gewissen dabei hatte
und seinem Freund am liebsten die Wahrheit erzählt hätte.
Aber Karl wollte nicht die angeschlagene Ehe
von Otto in die Brüche treiben,
in dem er noch Öl ins Feuer gießt,
schließlich versprach er auch Elke nichts zu erzählen.

So blieb Otto an diesem Wochenende zuhause,
so wie auch die folgenden,
bis die Kur zu Ende war und Elke mit dem Zug nachhause fuhr.

Vor der Heimfahrt erzählte Elke noch Karl und Frieda,
dass sie in der Kur eine neue
und besonders gute Freundin kennengelernt hat
und diese nachhause einladen möchte.
Ihr Name ist Elfriede, sie ist so alt wie Ottos Mutter,
also fünfundzwanzig Jahre älter als Otto,
macht aber einen sehr guten, gepflegten und vitalen Eindruck.
Sie ist sehr zierlich, hat aber eine relativ große Oberweite
für ihre kleine Körpergröße.
Ihr leicht lockiges blondes Haar ist trotz des Alters
noch fest und sehr füllig, man könnte nicht meinen,
dass diese Frau so alt ist wie Ottos Mutter.

Leider ist der Ehegatte von Elfriede vor drei Monaten
gestorben, er hinterlässt ihr so gut wie nichts,
weil er kein sparsamer Mann war
und auch mit der selbstständigen Arbeit
in der Versicherungsbranche nicht viel verdiente.
Elfriede hat mit ihrem Gatten eine Tochter,
die ihr optisch sehr ähnlich sieht,
die Tochter ist nur unwesentlich jünger als Otto
und diese wiederum hat mit ihrem
Ehemann, der als Vertreter arbeitet, einen Sohn
und eine Tochter im Jugendalter.
Beinahe hätte ich vergessen zu erzählen,
dass Elfriede einen großen Schäferhund besitzt.
Dies ist der vierte Schäferhund
der sie in ihrem Leben begleitete.
Ihr verstorbener Gatte bildete die Hunde teilweise
als Schutzhund aus, deshalb gehorchten alle so gut
und auch Elfriede war ein besonders guter Hundetrainer,
das meinte zumindest sie selber.
Ihre Kinder leben in Dortmund in einem kleinen Reihenhaus
mit Garten und sind auch Hundeliebhaber.
Leider kann sie nach dem Tod ihres Gatten
nicht zu ihren Kindern ziehen, weil das Haus zu klein ist.
Deshalb wohnt sie noch in ihrer drei Zimmer Wohnung,
ebenfalls in Dortmund.
Die Wohnung ist eigentlich zu groß,
vor allem aber zu teuer als alleinstehende Witwe,
deshalb muss sie sich nach einer neuen
günstigeren Bleibe für die Zukunft umsehen.
Elfriede hat auf mich auch eingeredet, ich soll
doch nicht meine Ehe wegen diesem Mann in der Kur
aufs Spiel setzten, zumal ihr Otto doch deutlich besser
aussieht als der Liebhaber in der Kur.

Elfriede meinte auch, das Risiko,
dass sie nachher ganz allein da steht ist doch viel zu groß.

Inzwischen spielten sich in der kleinen Sackgasse
traurige Dramen bezüglich Rudi und Bärbel ab.
Denn Rudi war total aus der Spur,
ihn interessierte seine Kirche nicht mehr,
ebenso seine Frau und die gemeinsamen Kinder.
Er hatte nur noch Augen für die zwei Frauen
aus dem Türkeiurlaub, bei denen er aktuell auch wohnte.
Bärbel kämpfte verbissen um ihn
und versuchte den Mann zur Vernunft zu bringen,
es half aber alles nichts, er wollte nur mit Bärbel,
den gemeinsamen Kindern
und den zwei Frauen zusammen in seinem Haus leben.
Letztendlich reichte Bärbel dann doch die Scheidung ein,
weil alles Zureden nichts mehr brachte, und wohnte
weiterhin in ihrem Haus mit den vier Kindern alleine.

Elke kam mit dem Zug in ihr kleines Dorf
und lief mit dem Gepäck direkt Nachhause.
Otto war zu diesem Zeitpunkt noch auf seiner Arbeitsstelle,
um die restlichen Arbeiten des Tages fertig zu stellen
und zu archivieren.
Elke lief zuerst zu Karl und Frieda,
um alles nochmals ganz genau im Detail zu erzählen.
Schwärmte von dem Kurschatten und zeigte sein Foto,
inklusive der Adresse in ihrem Geldbeutel.
Frieda stellte fest, dass Otto deutlich besser
als ihr Kurschatten aussah, aber das störte Elke nicht,
denn sie sah ihn mit ihren verliebten Augen.

Karl meinte zu Elke, mach das Foto, die Telefonnummer, usw.
aus deinem Geldbeutel, wenn Otto das sieht,
er reicht sofort die Scheidung ein,
lass am besten alles von deinem Kurschatten verschwinden
und vergesse alles, dann könnte es so weiter laufen wie bisher.
Aber Elke wollte den Ernst der Lage nicht verstehen, bzw.
es war ihr völlig gleichgültig, ob Otto das Foto
in ihrer Börse sieht oder nicht, das ist ihr Traummann.
Sie steht dazu und das Foto bleibt dort wo sie es sofort findet,
egal ob es jemand anderes sieht oder nicht,
in ihrem Geldbeutel hat niemand etwas verloren.
Karl versuchte sie noch lange Zeit zu überzeugen,
aber es war zwecklos, sie zeigte keinerlei Einsicht.

Otto kam nachhause und wunderte sich,
dass Elke schon angekommen war,
er rechnete erst am späten Abend mit ihr.
Da Elke wieder einmal ein starkes Bedürfnis nach Sex
verspürte, öffnete sie Otto, im schwarzen Minirock auf
High Heels und einer weißen durchsichtigen Bluse, die Tür.
Unter der Bluse trug sie nur ihre nackte Haut
und die Brustwarzen zeichneten sich deutlich ab.
Natürlich trug sie auch keinen Slip unter ihrem schwarzen
Minirock, um für alle Fälle sofort bereit zu sein,
es kribbelte sie schon sehr um ihre nackt rasierte Scheide.
Otto, von dem Anblick total überwältigt und nach vier Wochen
ohne Sex, konnte sich nicht mehr zurück halten.
Er zog sie direkt ins Schlafzimmer und küsste sie intensiv,
schob den Rock hoch und befingerte ihre nackte Scheide,
sie war so feucht und erregt,
dass sie sich sofort in die Hundestellung begab
und er sie von hinten gierig und kraftvoll nahm.
Sie vollzogen den Akt, wie zwei ertrinkende Menschen,
die immer wieder nach Luft schnappten.

Hemmungslos und hart stieß er immer wieder in sie hinein,
dabei klatschte er mit der rechten Hand von Zeit zu Zeit
heftig auf ihren nackten und festen Po.
Sie war so erregt, das sie den Höhepunkt vor ihm erreichte.
Nachdem beide die erste erfüllte und erschöpfte Runde
hinter sich hatten, zog Elke sich aus und fing an Ottos Penis
in ihren Mund zu nehmen und ihn mit der Zunge
und ihren geilen Lippen zu bearbeiten,
dabei massierte sie seine Hoden im gleichen Moment.
Das machte Otto so scharf, dass er sie gleich nochmal
so hemmungslos ficken wollte.
Elke drückte ihn aber auf den Rücken und bestieg ihn,
führte seinen Penis in ihre Scheide.
Es tat ihr so gut, dass sie vor lauter Geilheit stöhnen musste.
Sie ritt auf ihm hoch und nieder und ihre Brüste wippten
schnell im gleichen Rhythmus, die erregten Nippel standen fest
und weit über ihren Brustvorhöfen.
Er griff mit beiden Händen an ihre Nippel
und drehte sie zwischen seinen Daumen und Zeigefinger,
dann massierte er ihre Brüsten und drückte diese kräftig
in alle Richtungen.
Nach ein paar wilden Minuten unter heftigem Gestöhne
kamen beide gleichzeitig zum Orgasmus.

Beide blieben eine Weile liegen und rangen nach Luft,
als sie wieder einigermaßen beruhigt waren,
zogen sie ihre bequeme Kleidung an
und wollten miteinander reden,
Otto musste zuvor noch auf die Toilette.
Auf dem Weg hatte er nun ein gutes Gefühl,
vielleicht hat sie sich doch geändert
und ihre Ehe konnte doch noch in die richtigen Bahnen
gelenkt werden. Gibt es nun ein Happyend
nach sieben Jahre Ehe und der vielen Fremdgeherei.

Ist Elke ausgerechnet in der Kur zur Vernunft gekommen,
kann das sein !
Dabei lief er durch den Flur und hob Elkes Geldbeutel auf,
den er zuvor am vorbeigehen versehentlich von der Ablage
gestoßen hatte, der nun mitten im Flurweg lag.

Dabei klappte der Geldbeutel auf
und Otto sah das Foto von einem Mann darin,
so wie die Adresse und Telefonnummer.
Schnell war ihm klar, dass konnte nur ein Kurschatten sein,
deshalb sollte er nicht in den Kurort fahren und Elke besuchen,
obwohl sie dies zuvor besprachen.
Zorn entbrannte in ihm, er lief zu Elke zurück
und zeigte ihr das Foto im Geldbeutel und schrie,
„was ist das „?

Elke meinte nur, „das ist meine neue große Liebe,
die ich in der Kur kennengelernt habe".
Otto, „du hast also vier Wochen mit dem Kerl gefickt
und dich vergnügt, jetzt ist Schluss,
ich reiche sofort die Scheidung ein".
Damit hat Elke nicht gerechnet,
sie dachte es funktioniert wie immer,
ein bisschen Ärger und dann ist alles wieder gut
und es läuft wie immer in ihrer Ehe weiter.
Anschließend stritten sie heftig und laut,
weil es auch zu Handgreiflichkeiten kam,
rannte Elke eilig aus dem Haus zu ihren Eltern,
die ja nicht weit von ihr wohnten,
um sich dort in Sicherheit zu bringen.

50

Otto klingelte bei Karl und bat um Hilfe,
„ich reiche nun die Scheidung ein,
Elke hat mich über die ganze Kurzeit
mit einem Kurschatten betrogen, mir reicht es jetzt.
Ich mache mich nicht länger zum Gespött des Dorfes,
die Nymphomanin kann in Zukunft ficken wen sie will,
aber ich will nichts mehr damit zu tun haben".

Otto fragte Karl,
„kann ich ein paar Gegenstände bei dir zwischen Lagern,
bis ich eine neu Bleibe habe, aber bitte kein Wort zu niemand,
insbesondere nicht zu Elke".

Karl bejahte seine Frage und Otto fing
an das Schlafzimmer zu demontieren
und im Keller des Nachbarn zu lagern.
Alle wichtigen Gegenstände holte Otto aus seinem Haus
und brachte diese zum Nachbarn.
Nachdem er mit der Hauruck Aktion fertig war,
tranken Otto, Karl und Frieda erst mal ein großes Glas
Trollinger-Lemberger im Wohnzimmer von Karl.
Sie sprachen noch die halbe Nacht über das Thema
und Otto konnte sich nicht beruhigen,
Karls versuchte auf ihn zu wirken,
dass er vielleicht ein bisschen überreagiert hätte und nicht
gleich über Nacht die halbe Wohnung leer räumen sollte.
Vielleicht findet sich noch eine Lösung mit Hilfe
eines Eheberaters oder Freunden, usw.,
aber in dieser Situation konnte Otto nicht mehr klar denken.
Er musste Handeln, das war sein oberstes Gebot.
Elke blieb über Nacht bei ihren Eltern
und hoffte bis zum nächsten Tag
wird er sich schon wieder beruhigen.

Zitternd aber mit der Hoffnung alles wieder hin zu biegen,
öffnete sie die Tür ihres Hauses.
Geschockt sah sie dass das halbe Mobiliar fehlte,
so wie alle wichtigen elektronischen Geräte.
Sie rannte zu ihrer Nachbarin Frieda und fragte sie,
„was ist da los, meine Wohnung ist halb leer."
Frieda stellte sich dumm und erstaunt,
obwohl sie wusste dass alles in ihrem Keller lagerte.
Frieda ging mit Elke in ihr Haus
und war erstaunt wie leer es war.
Beide bedauerten die Situation
und nun erkannte Elke wie ernst die Lage wirklich war,
ihr liefen die Tränen über das Gesicht und sie wurde ganz
ruhig, die Verzweiflung stand ihr im Gesicht.
„Otto wird doch nicht wirklich die Scheidung einreichen,
oder was meinst du Frieda „!
Frieda sagte, zu ihr mit ernster Miene,
„du hast aber auch wirklich nichts ausgelassen,
um diese Situation herbeizuführen,
wie oft haben wir dir gesagt,
lass das Foto von deinem Kurschatten verschwinden,
leider warst du nicht einsichtig
und hast alles auf die leichte Schulter genommen.
Nun wirst du vielleicht die Konsequenzen dafür tragen müssen.
Versuche mit ihm zu reden,
vielleicht könnt ihr eure Ehe mit fremder Hilfe,
zum Beispiel durch eine qualifizierte Eheberatung noch retten,
ich drücke euch die Daumen".
Traurig gingen beide Frauen wieder ihres Weges.

Elke telefonierte mit ihrer neuen Freundin Elfriede,
die sie aus der Kur kannte.

Auch sie hatte Elke immer wieder gewarnt,
das man so etwas nicht tut
und sie ganz allein die Folgen zu tragen hätte.
Elke fragte Elfriede,
„kannst du nicht für ein paar Tage zu Besuch kommen,
ich habe Angst allein in der Wohnung
und du könntest mich etwas ablenken".

Da Elfriede Elke sowieso mal besuchen wollte
und nach dem Tod ihres Gatten einsam war,
sagte sie Elke kurzfristig zu
und packte nach dem Telefonat ein paar Sachen in ihr Auto.
Noch zum Mittag nahm sie Ihren Schäferhund mit ins Auto
und fuhr los.

Elfriede hatte einen sehr digitalen Fahrstiel,
Vollgas oder bremsen, etwas anderes gab es nicht.
Nach guten fünf Stunden hatte sie die
rund fünfhundert Kilometer hinter sich gebracht
und stand mit ihrem Schäferhund
und kleinem Gepäck vor Elkes Haustür.

Elke erschrak ein klein wenig, als sie die Haustür öffnete
und den großen Schäferhund sah.
Beide umarmten sich
und gingen anschließend durch das halbleere Haus.
Elfriede war erstaunt,
wie schnell jemand eine Wohnung halb leer räumen konnte.
Beide hatten sich viel zu erzählen,
obwohl nur ein kleines Zeitfenster zwischen der Kur
und dem Besuch lag, aber die Ereignisse überschlugen sich.
Ein warmer Kaffee und ein Stück Kuchen
beruhigten die Gemüter
und die Situation entspannte sich kurzweilig.

Elke zeigte Elfriede ein kleines Zimmer im Dachstuhl,
in dem sie die nächsten Nächte schlafen könne.
Nun hatte Elke keine so große Angst mehr, weil Elfriede
und ihr großen Schäferhund im Haus war.

Am späten Abend klingelte es an Elkes Haustür,
Otto stand erbost vor ihr
und wollte noch ein paar Sachen abholen,
es wurde furchtbar laut im Haus und beide stritten
und schrien sich an bis zur akustischen Schmerzgrenze.
Jetzt fehlte nur noch, dass beide aufeinander losgingen
und körperliche Gewalt ausübten.
Dank Elfriede und ihrem Schäferhund
wurden die Wogen doch etwas geglättet.
Es gab zwar keine wirkliche Entspannung,
aber die gegenseitigen Vorwürfe wurden diesmal
ohne Handgreiflichkeiten ausgetauscht, obwohl
immer noch eine erhebliche Spannung in der Luft lag.
Weil es schon sehr spät war
und Otto auch nicht wusste wo er schlafen konnte,
blieb er über Nacht in dem Haus und schlief auf der
Luftmatratze im zweiten Zimmer auf der Bühne.
Keiner der drei konnte im Haus schlafen, alle waren
aufgewühlt, denn die Nerven lagen bei allen blank.

Otto dachte sich in dieser Nacht,
Elke werde ich noch richtig ärgern
und sie mit ihren eigenen Waffen schlagen.
Er schlich in das Zimmer von Elfriede,
der Hund schlief ruhig im Flur,
legte sich ganz vorsichtig in das Bett von Elfriede
und fing in der Seitenlage an sie zu streicheln.
Elfriede wurde wach und erschrak, „was willst du denn hier
in meinem Bett, ich glaub es geht los „!

Otto machte einfach weiter ohne viel zu reden,
anfänglich sträubte sich Elfriede,
weil sie das nicht wollte,
nach und nach aber empfand sie es als sehr angenehm,
Otto schob ihr Nachthemd hoch
und drang schließlich ganz vorsichtig in sie ein.
Weil Elfriede schon lange keinen Sex mehr hatte,
war sie sehr schnell erregt, die Bewegungen wurden heftiger
und beide fingen leise an zu stöhnen.
Gleichzeitig erlebten sie in dieser Nacht
einen sehr schönen ersten Orgasmus.
Anschließend schlich Otto aus dem Zimmer
und verabredete sich mit ihr am nächsten Tag,
um das weitere Vorgehen zu besprechen.

Am nächsten Morgen waren alle wie gerädert,
keiner fragte den anderen wie er geschlafen habe.
Elfriede schaute Otto verliebt,
aber auch skeptisch an, sie dachte,
er könnte mein Sohn sein, was habe ich da nur gemacht,
bzw. über mich ergehen lassen.
Elke war ahnungslos
und hatte ganz verheulte Augen am Frühstückstisch.
Sie ließ sich von Elfriede trösten,
nachdem Otto zur Arbeit ging.
Elke holte sich noch einen Kaffee von der Kaffeemaschine,
dort entdeckte sie einen großen Umschlag,
vielleicht eine Entschuldigung von Otto !
Verweint öffnete sie diesen Umschlag
und traute ihren Augen nicht, was dort zu lesen war.
Es war der Scheidungsantrag von Ottos Anwältin ausgestellt
und an Elke gesendet. Jetzt bekam sie Schreikrämpfe
vor lauter Wut und Tränen rannen über ihr Gesicht.

Elfriede las den Brief der Anwältin
und tröstete Elke anschließend, sagte aber auch zu ihr,
„ich habe dich immer gewarnt,
hör auf mit deinem Kurschatten, das hast du jetzt davon".

Am späten Nachmittag trafen sich Otto und Elfriede am See,
der ungefähr einen Kilometer am Waldrand entlang,
zu erreichen war.
Eigentlich waren es vier kleine Seen,
die sich wie eine Perlenkette aneinander reihten
und nur durch einen Überlauf
von einem See zum anderen verbunden waren.
Elfriede und Otto diskutierten sehr lange,
immer wieder das gleiche Thema.

Was sollen meine Kinder denken,
du bist nur etwas älter als meine Tochter, ich bin erst gute
drei Monate Witwe, ich könnte deine Mutter sein,
was für eine Zukunft hat unsere Liebe,
liebst du mich überhaupt,
oder ist das nur eine Trotzreaktion von dir, usw..
Otto sprach nicht sonderlich viel,
beruhigte sie in alle Richtungen
und versprach ihr nur das Beste und dass alles wahre Liebe sei.
Elfriede war sich sehr unsicher,
zumal sie noch vom alten Schlag war
und dies erst der zweite Mann in ihrem Leben.
So schnell sollte man sich nicht verlieben
und schon gar nicht wenn man langfristig planen möchte.
Am ersten Tag geht man auch nicht in das Bett
einer eigentlich fremden Frau, was sollte sie nun von Otto
und seinem Verhalten denken, sie wog alles ab, aber fand
für die Situation, aber auch für sich keine Entscheidung.

Beide trennten sich voneinander und Elfriede lief mit ihrem
Schäferhund zurück zu Elkes Haus.
Am Abend saßen alle wieder zum Abendessen beieinander,
Elke ahnte nichts von dem Techtelmechtel
zwischen Otto und Elfriede.
Elke versuchte in der Nacht,
mit allen Tricks einer Frau, wieder bei Otto zu landen,
aber er blieb hart und verwies sie, schlief auf seiner
Luftmatratze im Dachgeschoss ein.
Nach drei Stunden wachte er auf
und konnte nicht mehr einschlafen,
er schlich sich abermals in das Zimmer von Elfriede
und sie liebten sich auch in dieser Nacht.
So ging es ein paar Tage weiter, Otto stritt sich anschließend
noch mit seinen Schwiegereltern.
Nach einer Woche reiste Elfriede wieder nach Hause
in ihre Heimatstadt Dortmund.

Elfriede war sich sehr unsicher mit ihrer neuem Liebe,
Otto war so jung, was sollten ihre Kinder
und Enkelkinder denken, kurz nach dem Tod
ihres Ehegatten schon einen Liebhaber.
Sie beschloss es ihren Kindern und Enkelkindern zu erzählen,
diese waren sehr erbost und erklärten die Mutter,
Oma als unzurechnungsfähig, not geil usw..

Die Wolken über Dortmund hingen tief,
Elfriede war hin und her gerissen,
einerseits war sie ein bisschen verliebt
und geschmeichelt so einen jungen Mann erobert zu haben,
anderseits konnte diese Beziehung eine Zukunft haben,
dazu noch die Entfernung !

Verlor sie nun die Liebe und Zuneigung ihrer Tochter
und Enkelkinder, was soll sie tun ?

In den nächsten Tagen und Wochen ging der Kampf
um das Haus, Gegenstände im Haus, usw. verbittert weiter,
es entbrannte ein regelrechter Rosenkrieg.

Die einzigen Gewinner waren die Anwälte beider Parteien,
wenn um Kleinigkeiten gestritten
und jedes Mal teure Briefe der Anwälte getauscht wurden.
Die Scheidung ging ihren Lauf und war nicht mehr zu stoppen,
auch wenn die Schwiegereltern und Elke es mit allen Mitteln
versuchten, Otto blieb standhaft.

Karl und Frieda trafen sich regelmäßig immer Mittwochs
zu ihrem Trollingerabend, dort wurde viel diskutiert
und alle weiteren Schritte von Otto besprochen.
Mit der Zeit konnten auch wieder normale
und etwas fröhlichere Themen besprochen werden.
Otto wollte unbedingt Elfriede haben.

Karl und Frieda diskutierten viel mit ihm,
wenn es seine große Liebe ist,
dann sollte er dies verfolgen und umsetzten,
wenn es aber nur eine Trotzreaktion wegen Elke ist,
dann sollte er ehrlich mit sich selber sein
und die Finger davon lassen.
Denn der Altersunterschied von fünfundzwanzig Jahren
ist nicht ohne und eine Familie, die Otto immer gründen
wollte, ist mit einer Frau in dem Alter nicht mehr möglich.
Es werden beide älter, er steht dann noch mitten im Leben
und sie entweicht langsam dem Leben, daran muss er denken,
wenn er diesen Schritt unbedingt gehen will.

Otto war fest entschlossen und empfand wahre Liebe
für diese kleine zierliche Blondine aus Dortmund.
Karl und Frieda akzeptierten seine Entscheidung
und halfen ihm bei allen weiteren Vorhaben.

Natürlich brachen Karl und Frieda den Kontakt
zu ihrer Nachbarin Elke nicht ab,
aber ihr Lebenswandel ließ aktuell keine engere Beziehung zu.
Sie tröstete sich mit vielen Männern,
über Anzeigen oder zufällige Bekanntschaften.
Karl und Frieda fragten sie oft, ob sie nicht dazu gelernt hätte,
weil sie immer noch von einem zum anderen sprang,
ggf. auch mal mehrere Geliebte parallel hatte,
sie wollte sich einfach nicht binden, oder war ihr Märchenprinz
noch nicht unter den vielen Männern zu finden !
Wollte sie wirklich so alt werden,
immer auf dem Sprung, keine Zuverlässigkeit im Leben,
alleine alt werden und irgendwann vereinsamen ?

Karl und Elfriede trafen sich über mehrere Wochen,
mal im schwäbischen Dorf oder auch in Dortmund.
Otto wurde in Dortmund von ihren Verwandten
nicht willkommen geheißen, im Gegenteil,
er wurde von ihnen beschimpft und verachtet.
Wie kann man sich in seinem alter mit einer
fünfundzwanzig jährig älteren Frau einlassen,
ob er Mutterkomplexe hat oder gar pervers ist,
so etwas ist doch nicht normal.
Das waren noch die harmloseren Attacken
der sogenannten „lieben Verwandtschaft".
Aber das motivierte Otto noch mehr,
um sein Vorhaben umzusetzen
und die Zukunft mit ihr zu gestalten.

Auch Karl und Frieda wurden in alles eingeweiht
und unterstützen beide wo es ihnen möglich war.

Sie fanden die zierliche Frau aus Dortmund sehr nett
und gönnten ihr einen so jungen Liebhaber,
ob dies aber eine große und langfristige Zukunft haben wird,
das bezweifelten beide noch insgeheim stark,
natürlich gab es darüber kein negatives Wort gegenüber Otto,
bezüglich seiner neuen Liebe.

Elfriede bereitete den Umzug vor,
kündigte ihre Wohnung in Dortmund, meldete alles
von den Ämtern und Versorgungsfirmen ab oder um.
Otto renovierte ihre Wohnung in Dortmund,
Elfriede war beeindruckt von der Geschicklichkeit,
dies kannte sie von ihrem verstorbenen Gatten nicht,
denn er hatte zwei linke Hände.
Alles wurde in Kartons sauber und vorsichtig verpackt,
anschließend in den Umzugswagen getragen
und sortiert in diesem abgelegt.
Otto freute sich auf die Zukunft mit Elfriede,
sie hingegen war immer noch etwas verunsichert.
Dann ging die Fahrt los und es hieß Abschied
nehmen von Dortmund, wo Elfriede ihr ganzes bisheriges
Leben verbracht hatte und ihre Freunde und Verwandten lebten.
Sie verließ ihre Tochter, den Schwiegersohn
und natürlich ihre fast erwachsenen Enkelkindern.
Ihre Verwandtschaft kam nicht zum Helfen,
denn die waren alle noch beleidigt mit ihrer Mutter, Oma.
So verstärkte sich natürlich die vorsichtige
und leicht getrübte Stimmung bei der Abfahrt.

Denn ihre Familie war Elfriede wichtig,
sie hinterließ nun alle Verwandten und Freunde,
das nagte an ihren Nerven, aber ein wenig Vorfreude
auf das Leben mit Otto pflegte sie auch.

Im Süden angekommen, wurde alles
in die kleine Dachwohnung getragen und aufgebaut.
Es war das Haus der Großmutter von Otto,
wo sie die erste Zeit verbringen wollten,
bis sich etwas neueres und schöneres finden konnte,
denn im Süden waren die Wohnungen rar und teuer.

Auch Ottos Familie war erschrocken über die neue Liebe,
zumal der Altersunterschied so groß war.
Aber alle mussten neidlos anerkennen,
dass die Frau aus Dortmund deutlich attraktiver als die
gleichaltrige Mutter von Otto gewesen ist.
Ottos Mutter wirkte schon sehr abgearbeitet und erschöpft
durch die fünf Sohne und das harte und arbeitsreiche Leben
mit ihrem Gatten dem Wassermeister.
Da hatte es Elfriede in Dortmund doch deutlich einfacher,
sie hatte nur eine Tochter
und die zog auch schon mit achtzehn Jahren aus dem Haus,
so musste sich Elfriede sich nur noch um ihren Gatten
kümmern und die einfache Arbeit im Fitnessstudio,
die sie halbtags betrieb.
Sie hatte keine zusätzliche Belastung,
wie landwirtschaftliche Arbeit oder gar einen ganzen
Sack voll mit Schwiegertöchtern und Enkeln,
wie die Frau des Wassermeisters.
So konnte sich Elfriede mehr um sich selber kümmern
und ihren Körper besser pflegen und fit halten.

Elfriede nahm Mittwochs am Trollingerabend,
zu dem gemütlichen Beisammensein mit
Karl und Elfriede immer teil.
So trafen sie sich abwechselnd bei Otto in der Dachwohnung
oder bei Karl, in seinem Haus.
Es wurde noch lange Zeit von Otto und Elfriede
über Elke gemeckert, weil sie die Ehe von Otto,
durch die vielen Seitensprünge, zerstört hat.
Elfriede forderte Karl und Frieda auf den Kontakt
komplett zu Elke einzustellen.
Karl und Elke waren mit dem Fremdgehen von Elke auch nicht
einverstanden, aber Elke war ihre Nachbarin
und ihnen hatte sie nichts schlechtes angetan,
im Gegenteil, Elke war immer freundlich
und nett zu Karl und Frieda gewesen.
Deshalb brachen sie den Kontakt zu Elke auch nicht ab,
er war nicht mehr so intensiv,
aber sie redeten oft miteinander von Haus zu Haus.

Otto, Elfriede und ihr Schäferhund
lebten sich so langsam im Süden ein.
Manche Dinge waren Elfriede noch sehr fremd,
es fing mit dem schwäbischen Dialekt an
und hörte mit den ländlichen Gewohnheiten
der Dorfbevölkerung auf.
Die Charaktere auf dem Land sind doch deutlich anders
als sie es in der Stadt gewohnt war
und im Süden von Deutschland verhielten
sich die Menschen unterschiedlich zum Ruhrgebiet.
So kam sie sich schon sehr fremd
und einsam in ihrem neuen Zuhause vor.
Sie suchte sich, obwohl sie schon Witwe war,
eine Nebenbeschäftigung im Verkauf und fand einen Job
in einer Boutique in dem kleinen schwäbischen Dorf.

Ihr Hund, so wie die entstehende Freundschaft zu Karl
und Frieda gaben ihr zusätzlichen Halt,
aber vor allem die wachsende Liebe zu Otto.

Bärbel erzählte Frieda im Gartengespräch,
dass nun ihre Scheidung durch sei
und endlich wieder ein geordnetes Leben stattfinden kann.
Rudi ihr Ex-Gatte hatte bisher alle Kosten des Hauses
und der Kinder übernommen, so konnte Bärbel als
Krankenschwester weiter in ihrem Beruf in Teilzeit arbeiten
und in dem Haus mit ihren vier Söhnen leben.

Auch nach der Scheidung zahlte Rudi alles bereitwillig weiter.
Die älteren Kinder von Rudi und Bärbel litten sehr unter der
Trennungsphase, sie vermieden den Kontakt zu ihrem Vater
und waren mit ihm, wegen seinem Fehlverhalten, beleidigt.
Die zwei jüngeren Söhne kamen besser damit zurecht,
vermutlich weil sie noch nicht so ganz in der Lage waren
die Situation realistisch einzuschätzen, ihr Vater blieb ihr Vater
und sie waren und blieben immer im Kontakt mit ihm.
So kehrte in dem hellbraun verklinkerten Haus
von Bärbel langsam wieder Ruhe und Frieden ein.
Das normale Leben, zwar ohne Gatten,
aber in geordneten Bahnen fand langsam wieder statt.

Elfriedes Verwandtschaft beruhigte sich nach über einem Jahr
auch wieder, Otto wurde zwar immer noch schief von der Seite
angeschaut und nicht wirklich akzeptiert, aber die
Verwandtschaft kommunizierte inzwischen
wieder mit ihrer Mutter und Oma.
Für die kostenlosen Reparaturarbeiten an den Autos
oder anderen Arbeiten für die Dortmunder Gesellschaft
war Otto aber dennoch gut genug.
Es dauerte noch viele Jahre bis er wirklich akzeptiert wurde.

Da es immer mehr Stress mit Otto Verwandtschaft gab,
wobei Elfriede auch immer kräftig mit schürte
und für Unfrieden sorgte, zogen beide es vor aus der
Dachgeschosswohnung der Oma auszuziehen
und mieteten eine kleine aber moderne
zwei Zimmerwohnung im Neubaugebiet des Dorfes.
Diese lag unweit von Karl seinem ehemaligen Haus entfernt.

Inzwischen war die Scheidung von Otto und Elke auch durch,
Otto wurde ausbezahlt von Elkes Eltern
und Elke blieb allein in dem Haus wohnen.
Um die Kosten Stämmen zu können,
wurde aus dem Einfamilienhaus nun ein Dreifamilienhaus.
Im Untergeschoss eine kleine zwei Zimmer Wohnung,
im Erdgeschoss die Wohnung von Elke
und im Dachgeschoss entstand nach wenigen
Umbaumaßnahmen eine abgeschlossene Dreizimmerwohnung.
Mieter wurden schnell gefunden, da der Wohnraum,
auch auf dem Dorf, knapp war.
So zogen die neuen Mitbewohner rasch ein,
das war für Elke eine vollkommen neue Erfahrung.

Da Otto nun besser bei Kasse war,
begann mit Elfriede die Suche nach einer endgültigen
Unterkunft für die zwei, plus dem großen Schäferhund.
Beide stellten sich ein kleines freistehendes Haus
mit einem möglichst großen Garten vor,
da dies aber in der Gegend sehr teuer war,
kam eventuell auch eine Eigentumswohnung in Frage.
Ein Reihenhaus war ausgeschlossen, da sie nicht gern ständig
die Treppen hoch und runter laufen wollten.
In ihrer Freizeit gab es nur noch ein Thema,
die Suche nach einer neuen Bleibe.

Der große Traum der beiden war nach wie vor ein
kleines freistehendes Haus mit Garten.

Kurz nach der Scheidung eskalierte es auf dem Arbeitsplatz
bei Elfriede und sie musste gehen.
Da Elfriede sehr engagiert war, fand sie nach kurzer Zeit
einen Job in einem Pflegeheim für geistig
und körperlich behinderte Menschen,
sie fing dort kurzfristig als Putzfrau an zu arbeiten.
Es gefiel ihr sehr gut,
obwohl Putzen nicht ihre liebste Beschäftigung war,
aber in dem Heim war ein gutes Arbeitsklima.

Die Haussuche gestaltete sich viel schwieriger als erwartet,
letztendlich hatten sie kein Erfolg,
denn für das bestehende Budget gab es kein Haus.
Deshalb kaufte Otto von seinem Geld
eine Dreizimmereigentumswohnung im Nachbardorf.
Der große Vorteil an der Wohnung, sie lag im Erdgeschoss
und besaß einen Gartenteil zur Eigennutzung,
für einen Tiefgaragenstellplatz im Haus reichte das Geld nicht,
es gab nur einen Stellplatz. Otto startete nach dem Kauf
sofort durch und renovierte die gebrauchte Wohnung
in Windeseile, es wurden Wände raus gerissen,
Bodenbeläge neu verlegt, Wände tapeziert, usw..
Es dauerte keine zwei Wochen nach dem Kauf
und der Einzug wurde vollzogen.
Natürlich half Karl und Frieda wie immer,
bei der Renovierung der Wohnung, bei jedem Umzug,
das war doch selbstverständlich unter guten Freunden.
Aus Sicht von Karl und Frieda war es für die zwei
die perfekte Bleibe, die Wohnung war groß genug,
die Arbeit damit überschaubar und sie war gut zugeschnitten.

So konnten die beiden glücklich darin alt werden,
ohne sich zu übernehmen.
Der Schäferhund tobte im Gartenteil
und bei Regen konnte er es sich unter der überdachten
Terrasse gemütlich machen, das war doch was !
Der Preis war ebenfalls sehr niedrig und Otto musste
nur sechzigtausend Euro von der Bank aufnehmen.

Nach dem ganzen Stress,
organisierte Karl ein ganz besonderes Arrangement
und schlug eine dreitägige Bierwanderung in Bayern vor.
Es war ein kleines Hotel mit Halbpension
und einem Menü mit jeweils vier Gängen,
so dass auch Otto satt werden konnte.
Eine Besichtigung der Brauerei, eine Bierprobe
und die Urkunden zum Bierdiplom, das man erwarb,
wenn man alle vier Brauereien an einem Tag ablief.
Das Hotel sah nett und ordentlich aus,
mit moderner und komfortabler Inneneinrichtung,
der Parkplatz war sogar gratis dabei.
Alle vier prüften das Angebot
und buchten sich zu dieser Exkursion ein.
Der anschließende Kurzurlaub
war für alle beteiligten ein voller Erfolg, alle hatten Spaß,
konnten sich an der frischen Luft bewegen und das Bier,
so wie den Service des Hotels genießen.
Selbst der Hund kam auf seine Kosten.
Gestärkt ging es wieder zurück
und so lief jedem die Arbeit wieder leichter von der Hand.

Es kehrte wieder etwas Ruhe ein und beide Paare
trafen sich zu gemütlichen Gesprächen an ihrem
Trollingerabend, pünktlich an jedem Mittwoch.

Da Karl und Frieda sehr viel verreisten,
zeigten sie Otto und Elfriede immer anschließend
auf dem großen Fernsehbildschirm die Urlaubsfotos bei Karl.
Mit der Zeit zeigte Elfriede gegenüber Frieda
immer mehr Eifersucht auf ihr schönes Leben.
Ja, sie gönnte es Frieda nicht in dem Luxus zu leben,
den ihr Karl bieten konnte.
Elfriede hielt Frieda immer öfters vor,
dass doch eigentlich ihr der Wohlstand zustände
und Frieda es mit ihrer Friseurausbildung
und den inzwischen fünfundzwanzig Jahren Hausfrauendasein
sich den Luxus nicht verdient hätte.
Weil sie mit ihren Fähigkeiten sich so ein Leben
selber nicht leisten konnte, nur weil sie gut verheiratet war
konnte sie im Luxus schwelgen.
Frieda nahm das aber sehr gelassen
und ließ sich auf keine Diskussion oder Streit mit ihr ein.

Otto und Elfriede waren mit der Wohnung
nicht ganz zufrieden, denn sie wollten eigentlich ein Haus
mit Garten, in dem auch der Hund sich richtig austoben konnte.
Karl und Frieda hatten das Gefühl, das sich Otto und Elfriede
ohne Haus immer minderwertig vorkamen
und es den anderen mit Haus unbedingt gleich tun wollten,
das war natürlich Blödsinn, aber so waren sie.

Otto und Elfriede machten sich mit dem Haus
immer mehr Druck, was eigentlich nicht nötig war,
denn auf Grund des Alters von Elfriede
sollte man sich so eine Last nicht mehr aufbürden.
Da fehlte aber bei beiden die Einsicht,
deshalb kaufte Otto ein Baumstück mit zweitausend
Quadratmetern im Nachbarort, im Schwäbischen
„des isch a Stückle mit zwanzig Ar".

Stolz überraschten die zwei Karl und Frieda
mit dem kurzfristigen Erwerb des Baumgrundstückes.
Karl und Frieda freuten sich mit ihren Freunden
über den Erwerb, aber insgeheim dachten beide,
müssen die sich so eine Last auch noch aufbürden.
Das ganze ist verbunden mit Rasenmähen, Obstbäume
schneiden und ernten, usw..
Das alles soll nebenbei von Elfriede
auch noch mit getragen werden, in dem Alter, verrückt !

Inzwischen gab es auch Ärger, im Pflegeheim
für geistig und körperlich behinderte Menschen, mit Elfriede.
Obwohl sie nur als Putzfrau dort beschäftigt war,
wollte sie immer dem Pflegepersonal sagen wie sie was
besser zu machen hätten und sie wusste alles besser.
Langfristig ging das nicht gut
und Elfriede musste wiedermal den Hut nehmen und gehen.
Ab da putzte sie nur noch wenige Stunden
für einen kurzen Zeitraum in einem Privathaushalt,
bis sie schließlich ganz aufhörte.
Zum Ausgleich gab sie an der Schule für ein paar Stunden
in der Woche Vorlesungen in deutscher Sprache,
für die Kinder, die es besonders schwer hatten
und nicht gebürtig aus Deutschland waren.
Weil sie sich aber immer mehr über die Frechheiten
dieser Kinder ärgerte, hörte sie damit auch bald auf.
Dann arbeitete sie Ehrenamtlich in einem Second Hand Laden,
leider ging das auch nicht langfristig gut,
sie wechselte anschließend zur Lebensmittelausgabe
für Bedürftige, bis sie auch dort abbrach.

Otto und Elfriede sangen auch in verschiedenen
Gesangsvereinen, leider wechselten sie auch dort öfters,
bis es keine Vereine mehr in der Nähe gab.
Es war eigentlich immer das gleiche Problem,
Elfriede wollte Führungsaufgaben übernehmen,
Verbesserungen durchführen, usw., leider führte das
regelmäßig zu Ärger und anschließendem Wechsel.
Otto spielte zusätzlich noch im Posaunenchor
und erwarb dort den Dirigentenschein im Abendkurs,
er war mit viel Freude und Eifer dabei, war deutlich ruhiger
und konstanter, hatte deshalb auch nie Ärger.
Otto brachte das alte Stückle auf Vordermann, er pflanzte
weitere Obstbäume, Johannisbeersträucher, Weintrauben
und schnitt diese fachmännisch im Herbst.
Beide mähten abwechselnd den Rasen zwischen den Bäumen
und Sträuchern, fuhren die Ernte über den Sommer ein.
Kirschen oder Zwetschgen, die nicht direkt
gegessen werden konnten wurden eingeweckt,
aus den Trauben wurde ein sehr leckerer
Weintraubengelee für den Brotaufstrich eingekocht.
Birnen und Äpfel sammelten beide eifrig im Spätsommer ein
und brachten diese zur Kelterei,
um dafür Saft oder Geld entgegen zu nehmen.
So gesehen rentierte sich das Baumstück sogar,
es gab immer frisches Obst, Saft und die Bewegung
an der frischen Luft kam auch nicht zu kurz.

Das Stückle lag vom Dorfrand entfernt,
zwischen den großen Weinbergflächen zur Linken,
den Streuobstwiesen zur Rechten
und dahinter ein öffentliches Waldstück von der Gemeinde.
Da dieser Wald sehr klein war
und weit vom Ortsrand entfernt lag, wurde er kaum genutzt.

In dieser idyllischen Lage fehlte eigentlich nur noch eine Hütte und ein Grillplatz auf dem Stückle.

Kurz entschlossen baute Otto in drei Tagen
eine Schutzhütte mit kleinem Schuppen,
davor noch eine große Terrasse mit einem schönen Grilleck.
Das ganze wurde von Sträuchern umrahmt,
so dass die Sicht auf die ungenehmigte Hütte schwer fiel.
Der Schäferhund war immer außer sich vor Freude,
wenn es zum Stückle ging.

Denn er kannte sich dort gut aus,
konnte sich frei bewegen und spielen mit seinen Herrchen.
Die drei verlebten dort schöne und romantische Stunden,
grillten eifrig und genossen die Dreisamkeit.
Von der Terrasse aus hatte man eine perfekte Fernsicht
über die Streuobstwiesen bis zum Dorf.
Das Dorf wurde auf der gegenüberliegenden Seite
komplett vom dichten Wald eingerahmt.
In dem kleinen Weindorf lebten nur knapp eintausend
Einwohner in sehr schönen historischen
und gut gepflegten Fachwerkhäusern.
Das ganze wirkte von weitem so nach heiler Welt,
ein bisschen wie in einer Puppenstube.

Eines Tages starb der Schäferhund,
er wurde immerhin fast zwölf Jahre alt.
Otto und Elfriede beerdigten ihn sehr ehrenvoll
auf dem Stückle, in einem fein hergerichteten Grab.
Es wurde ein kleines Holzkreuz mit Namen
des Tieres angebracht, umrahmt war das Grab mit weißen
großen Kieselsteinen und an der Kopfseite
pflanzte Otto einen wunderschönen Rosenstock
mit blutroten Blühten ein.

Die beiden kamen mit dem Verlust des Hundes
nur sehr schwer zurecht. Wochenlang ließen sie die Köpfe
hängen, beide waren schnell gereizt und wirkten leicht
depressiv, unausgeglichen, nervös und unglücklich.

Karl konnte das nicht länger mit ansehen
und überlegte wie er wohl seinen Freunden helfen könnte,
er fand eigentlich keine Lösung,
bis der Zufall half und er im Ortsnachrichtenblatt
vom Tag der offenen Tür im dörflichen Tierheim las.
Es wurde auch für das leibliche Wohl gesorgt,
denn es gab Schwenkbraten, rote Grillwurst
und frisches Bier vom Fass.
Das sollte doch die Stimmung anheben,
evtl. gefiel ihnen noch ein Hund !

Karl lud seine Frau, Otto und Elfriede zum Tag
der offenen Tür, zum Mittagessen, in das Tierheim ein.
Das Essen schmeckte hervorragend, Otto war ganz begeistert
von den großen Scheiben des Grillfleisches
und aß anschließend noch eine rote Wurst vom Grill.
Da Elfriede ihre Portionen sowieso nie schaffte,
weil sie so klein und zierlich war,
schlang Otto auch noch ihre Reste vom Teller hinunter.
Gut gesättigt folgte die Besichtigung des Tierheimes,
Otto und Elfriede waren ein wenig gelangweilt,
weil sie ja keinen Hund mehr wollten
und es hier sowieso nur alte und kranke Hunde gab.

Alle vier schlenderten durch die Anlage und sahen in die
Zwinger der Hunde, ein Kampfhund fiel besonders auf,
weil er außer sich vor Wut war und beim aggressiven Bellen
der Speichel aus dem Maul spritzte, er aber gleichzeitig freudig
mit dem Schwanz wedelte.

Der Hund verhielt sich total Verhaltensgestört,
alle dachten im stillen, der wird wohl immer hier bleiben.
Im nächsten Zwinger waren ausnahmsweise
ein paar Welpen zu sehen, Mischlingshunde aus Kroatien
die etwa knappe vier Monate alt waren
und optisch einem Schäferhund sehr ähnlich sahen.
Sie schauten mit ihren dunklen braunen Augen ganz ruhig
und ausgeglichen auf die Besucher,
so ein angenehmer Blick und ein liebes Verhalten,
ganz anders als der Kampfhund nebenan.
Otto und Elfriede waren ganz hin und weg von den Hunden,
taten aber so als sei es uninteressant.
Wir tranken nochmals ein kühles Bier, weil wir ja zu Fuß
nach Hause gehen konnten, anschließend ging es nachhause.
Am nächsten Mittwoch kam Otto
und Elfriede wieder zum Trollingerabend,
beide strahlen über das ganze Gesicht wie ein
Honigkuchenpferd und liefen auch wieder Hand in Hand.
In der Wohnung gab es immer wieder Küsschen
und Austausch von Zärtlichkeiten.
Karl fragte, „was ist denn mit euch los,
der gute Laune Pegel ist ja kaum noch auszuhalten !
Gibt es irgendetwas was wir wissen sollten „?

Elfriede meinte, „lass uns zum Auto auf den Parkplatz gehen,
wir haben eine Überraschung".
Dort angekommen, öffnete Otto den Kofferraum
und wir sahen wieder in die zwei dunklen braunen Augen,
die so angenehm, lieb und beruhigend schauten.
Die zwei hatten sich schnell noch am Abend im Tierheim
den Welpen mitgenommen,
es war die braun schwarz gemischte Hündin und sie hieß Ela.

Sie sah lustig aus
mit einem stehenden und einem hängendem Ohr.
Jetzt war die Welt der zwei wieder in Ordnung,
die Stimmung mit oder durch diesen kleinen Welpen,
so wie sie sein sollte, bei einem glücklichen Paar.

Die Beziehung zwischen Otto
und seiner Familie wurde immer schlechter,
nicht zuletzt weil Elfriede immer heftig nachhalf
die negative Laune zu schüren.
Es ging so weit, das nicht mal mehr zum Geburtstag
gratuliert oder gar Besucht wurde,
auch nicht zu seiner Mutter oder seinem eineiigen
Zwillingsbruder, schon gar nicht zur restlichen Familie.
Selbst als der Vater, der Wassermeister,
von Otto starb gingen die beiden nicht zur Beerdigung,
so tief war der Zorn inzwischen gewachsen.
Dafür wurde das Verhältnis zur Dortmunder Gesellschaft,
also ihrer Verwandtschaft, wieder besser.
Mann besuchte sich gegenseitig
und weil in dem kleinen Reihenhaus ihrer Tochter,
für die beiden kein Platz zum Schlafen war,
das Geld für Pensionen nicht ausgegeben werden sollte,
kaufte Elfriede kurzerhand ein altes Wohnmobil.
Sie konnten dann in Dortmund immer günstig übernachten
und auch noch damit in den Urlaub fahren,
selbst Ela gefiel es in dem Wohnmobil,
denn sie konnte immer mit und musste nicht allein sein.

Otto wechselte in der Zwischenzeit zweimal die Arbeitsstelle
und arbeitete zunächst in einem Handwerkerfachgeschäft
als Verkäufer, die Arbeit gefiel ihm in der Nachbarstadt
sehr gut und er war beliebt bei seinen Kollegen.

Nach ein paar Jahren wechselte er in die große Kreisstadt,
ebenfalls als Verkäufer in einen Betrieb für Handwerkzubehör,
aber mit einem deutlich besseren Verdienst.
Auch hier war er beliebt bei den Kollegen
und seinen Vorgesetzten,
zumal er immer und überall für die Firma im Einsatz war.

Fand man niemanden für die Samstagsarbeit,
oder für Sondereinsätze mit Überstunden in den Filialen,
so war Otto stets zur Stelle
und er verzeichnete zu dem so gut wie keine Krankentage.

Karl war ein begeisterter Motorradfahrer und fuhr damit bis
in die Türkei, nach Griechenland, Frankreich,
Italien, Ungarn oder Kroatien.
Er und seine Honda Transalb,
mit ihren fünfzig PS und sechshundert ccm,
hatten schon viel von Europa gesehen.
Die Reiseenduro mit ihrem Zweizylinder V-Motor war bequem
und sehr zuverlässig, leider war sie bei höherer
Geschwindigkeit auch unheimlich durstig.
Nachdem die Honda in die Jahre gekommen war
und Karl sich auch mal wieder was aktuelles kaufen wollte,
fand er die silberne Suzuki V-Strom in einem Testbericht
mit extrem guten Fahreigenschaft,
einem sehr großen Tourentank, bequeme Sitzposition,
einem guten Windschild und mit starken siebzig PS,
ja selbst die Beleuchtung
schnitt bei diesem Motorrad besonders gut ab.

Diese Reiseenduro musste es werden,
er kaufte sich ein neues Fahrzeug,
rüstete diese mit einem großen Windschild, Handprotektoren,
Hauptständer, Topcase und Sturzbügel,
so wie ein Navigationsgerät zusätzlich aus.
Jetzt stand die perfekte Tourenmaschine vor ihm,
er war glücklich und konnte die ersten Touren
in ferne Länder kaum noch abwarten.

Otto war auch ganz begeistert von der V-Strom,
da er aber nicht so viel Geld für ein Motorrad ausgeben wollte,
bat er Karl um die Suche
nach einem günstigen Motorrad für ihn.
Zufällig fand Karl im Internet eine fünfhunderter Suzuki,
Zweizylinder mit fünfzig PS für achthundert Euro,
die war zwar schon älter, hatte aber kaum Kilometer
und sah aus wie neu.
Das wurde Ottos Motorrad, er fuhr damit jahrelang zur Arbeit,
so sparte er sich eine Menge Spritkosten,
denn das kleine Motorrad fuhr die Strecke
mit dreieinhalb Liter auf hundert Kilometer.

Wenn Karl und Frieda bei Otto und Elfriede eingeladen waren,
freute sich der Hund Ela immer so,
dass er Karl und Frieda regelmäßig zur Begrüßung ansprang.
Er freute sich einfach unheimlich auf den Besuch,
sprang und wedelte heftig mit dem Schwanz.
Der Hund war noch jung
und ihm fehlte einfach die notwendige Erziehung.
Das sollte kein Problem sein, denn Elfriede
war ja laut ihrer eigenen Aussage sehr Hundeerfahren.

Karl konnte eigentlich gut mit allen Tieren umgehen,
er hatte zwar nie einen eigenen Hund,
wohnte aber in sehr jungen Jahren in einer Mietwohnung,
dort gab es einen schwarzen,
großen kräftigen Schäferhund Rüden namens Aki.
Dieser Hund wurde in dem Zweifamilienhaus
von den Kindern der Vermieter als Welpe ins Haus gebracht,
nach kurzer Zeit hatten die Kinder
aber kein Interesse mehr an dem schönen Hund.
Deshalb kümmerte sich Karl immer um diesen Hund
und führte ihn regelmäßig aus.
Die Hundeleine hing im Schuppen
und war für die Bewohner des Hauses jederzeit zugänglich.
Wenn Aki bemerkte, dass Karl die Hundeleine holte,
konnte er sich vor Freude kaum noch beherrschen,
sprang aber durch die Arbeit von Karl an niemandem hoch.
Aki war eigentlich sehr vorbildlich, er lief immer fünf Meter
vor Karl bis zur nächsten Straßenüberquerung,
blieb dort stehen und wartete auf Karl, dann gingen beide
gemeinsam über die Straße, wenn diese frei war.
Der Hund lief perfekt ohne Leine
und rannte keinem Hund oder gar einer Katze hinterher.
Die Schulkinder, in der Regel die Zwerge
aus der ersten bis zur vierten Klasse, liefen an dem großen
Grundstück des Zweifamilienhauses jeden Tag vorbei.
Der Hund lief dabei immer interessiert auf die Kinder zu,
 nur der sehr niedrige Jägerzaun war zwischen ihnen.
Akis Kopf ragte weit über den Zaun,
so streichelten die Kinder regelmäßig den Hund,
manche zogen auch mal an den Ohren oder am Schwanz,
das nahm der Hund ohne negative Reaktion hin.

Nur eines vertrug er überhaupt nicht,
wenn ein schwer behinderter Mensch,
ganz gleich ob körperlich oder geistig behindert vorbei lief,
dann drehte er durch, die Nacken- und Rückenhaare
stellten sich bis zum Schwanz hin auf.
Er bellte und fletschte die Zähne,
der Speichel spritze aus seinem Maul.
Das gleiche geschah, wenn bestimmte Lastkraftwagen
mit großen Motoren vorbei fuhren.
Karl dachte sich immer, irgendetwas muss in seiner
Welpenzeit mit diesen zwei Kriterien schief gelaufen sein,
er hatte bestimmt eine negative Erfahrung
und konnte diese nicht verarbeiten.
Zum Glück sprang er nie über den Zaun, denn wer weiß
was dann mit den Behinderten geschehen wäre.
Auch im Haus zeigte er hervorragende Manieren,
er durfte zwar in die Wohnung, aber nur in den Flur oder
in das Treppenhaus, wo er nachts auf seinem Teppich schlief.
Das klappte immer, ohne eine einzige Ausnahme.
Wenn fremde Erwachsene das Grundstück betraten,
schlug er verlässlich an, nur bei den Schulkindern oder
Kindern die zu Besuch kamen blieb er mucksmäuschenstill.
Bei den langen Spaziergängen kam dieser Hund
auf Kommando immer zuverlässig zurück.
Er war einfach ein toller Bursche, den alle liebten,
bis auf die behinderten Menschen.
Leider brachten sie ihm das aggressive Verhalten
gegenüber den Behinderten nicht aberzogen.

Karl arbeitete mit jedem Besuch
bei Otto und Elfriede mit dem Hund Ela.
Er blieb ruhig drehte sich um und reagierte erst
wenn der Hund sich beruhigt hatte, gab das Kommando „Platz"
und erst wenn er den Befehl ausgeführte gab es ein Leckerli.

Anschließend kam der Befehl „Rolle"
und er zeigte dies auch mit einer Handbewegung an,
bei korrekter Ausführung lag der Hund auf dem Rücken,
dafür gab es dann Streicheleinheiten auf seinem Bauch,
die die Hündin sichtlich genoss.
Innerhalb von ein paar Wochen spielte sich alles perfekt ein,
wenn Karl und Frieda durch die Wohnungstür kamen,
sprang Ela auf Karl zu
und legte sich schlagartig ohne Befehl „Platz",
ein Meter vor ihm auf den Fußboden.
Dann erhielt er seine Streicheleinheit,
nach ein paar Sekunden drehte er sich selbstständig
auf den Rücken und der Genuss ging für ihn weiter.
So machte es sehr viel Freude mit diesem Hund,
beim Spaziergang war er ein bisschen träge,
Bewegung schien nicht an aller erster Stelle bei ihr zu stehen,
aber Ela konnte auch gut mit allen Hunden und Katzen, selbst
durch Leckerli von fremden ließ sie sich nicht beeindrucken.
Nach Prüfung ihrerseits mochte sie die neuen Menschen
oder auch nicht, wenn sie jemand nicht mochte
ging sie einfach demjenigen unauffällig aus dem Weg.

Otto und Elfriede suchten nach wie vor
jahrelang nach ihrem Traumhäuschen,
aber alles was sie besichtigten war deutlich zu teuer,
so suchten sie zwar im Hintergrund weiter,
aber wurden immer mehr enttäuscht,
weil es keine Chance gab und sich kein Erfolg einstellte.
 Karl und Frieda sprachen immer wieder auf sie ein
und meinten, ein Haus in ihrem Alter sei doch
viel zu viel Arbeit, zudem die beiden
ja noch das große Stückle zu versorgen hatten.

Aber die Vernunft wollte sich bei
Otto und Elfriede einfach nicht einstellen,
beide blieben stur und hartnäckig weiter bei ihrer Suche,
teilten aber Karl und Elke nichts mehr mit.
So konnten die zwei ihnen nicht mehr hinein reden
und es ihnen versuchen auszureden.

Oft wurde im Kreis des Trollingerabend diskutiert,
ob Otto die Elfriede nicht heiraten sollte,
aber Elfriede wollte unbedingt die Rente von ihrem
ehemaligen Gatten nicht verlieren
und so freute sie sich über die Rente ihres
verstorbenen Gatten und ihrer eigenen,
so wie über die Gelder die sie hin
und wieder durch ihre Putzstellen nebenbei verdiente.

Ottos eineiiger Zwillingsbruder schlich sich heimlich
nachts aus dem Haus
und traf sich mit einer fünfzehn Jahre jüngeren,
verheirateten Frau aus Dresden.
Diese hatte wohl vier Kinder
und eines davon war leicht geistig behindert.
Das ganze Dorf wusste schon über die Affäre Bescheid,
nur seine vollbusige Ehefrau nicht.
Nachdem ein paar Frauen aus dem Dorf
es sich nicht mehr verkneifen konnten,
erzählten sie dies seiner Ehefrau,
aber die meinte immer nur „mir halted der Ball flach".
Damit war klar, sie wollte es einfach nicht glauben
und wenn doch, so würde es wieder vorbei gehen.
Sie war sich sicher ihr Gatte kommt auf jeden Fall
wieder zu ihr zurück, zumal er doch so auf ihre
übergroßen prallen Brüste stand
und außerdem hatte er ja drei Kinder mit ihr.

Bärbel lernte nach vielen Jahren der Einsamkeit
einen Liebhaber namens Günter,
aus ihrer Kirchengemeinde,
jedoch ein paar hundert Kilometer entfernt, kennen.
Es war ihre zweite große Liebe,
sie fuhren mit einem gemieteten Wohnmobil in den Urlaub,
um dort Kanu zu fahren, schwimmen zu gehen
und sich besser kennen zu lernen.
Erholt und in ihrer Liebe bestätigt,
kamen die zwei aus ihrem Urlaub zurück.
Dies sollte nach dem Pech mit ihrem ersten Gatten,
ein Neuanfang mit der Männerwelt sein.
Frisch verliebt genossen die zwei den Sommer,
auch ihre Kinder kamen gut mit ihm zurecht.

Elfriede blickte immer neidischer auf die vielen schönen
Urlaubsgeschichten von Karl und Frieda,
weil die zwei dies schnell durchschauten,
fragten sie einfach Elfriede, ob sie nicht mal mitgehen wollte.
Elfriede meinte, „ich würde gern mal mit Frieda
für eine Woche nach Mallorca fliegen,
aber nur wenn dies ganz billig wäre".
So suchte Karl und Frieda wochenlang im Internet,
um einen sehr günstigen Urlaub auf „Malle" zu finden.
Der Rekordpreis lag bei zweihundertneunzig Euro pro Woche,
das ganze in einem vier Sterne Hotel,
mit sehr guter Bewertung und all inklusive,
natürlich direkt am Sandstrand.
Das tolle Angebot auf „Malle", war im Monat Mai,
in der günstigen Vorsaison.
Beide waren sehr zufrieden mit Ihrer Recherche
und teilten dies beim Trollingerabend Elfriede mit,
diese jedoch meinte einfach nur: „das ist mir zehn Euro zu viel
und ich will deshalb nicht teilnehmen.

Ich suche in der billigen Nachsaison selber ein Angebot,
dass zu den gleichen Konditionen
deutlich günstiger sein wird und teilte es euch dann mit".
Karls sagte Elfriede, „in der Nachsaison ist es immer teurer
als in der Vorsaison, zumindest auf Malle,
weil dann das Wasser immer noch angenehm warm ist
und viele diese günstige Zeit nutzen".
Aber Elfriede war felsenfest überzeugt, dass sie Recht hatte
und prahlte mit ihrem Top-Angebot in der Nachsaison,
dass sie selber suchen will.
Karl und Elke gaben auf und teilten ihr mit, „sag uns Bescheid,
wenn du dieses Top-Angebot gefunden hast".

Nach der Scheidung mit Otto,
fing sich Elke schnell wieder und trieb es nach wie vor bunt.
Sie inserierte mehrfach und fand immer wieder Männer
verschiedenen Alters, die es gern mal mit ihr versuchten.
Da es bei ihr nicht viel Überredungskunst benötigte,
war sie sexuell immer gut ausgelastet,
mal hatte sie einen, mal mehrere parallel,
bei Elke war das alles nicht so dramatisch.
So genoss sie ihre sexuelle Freiheit auf ihre Art und Weise,
ihre Eltern waren davon nicht begeistert.
Aber das störte Elke nicht so sehr,
sie wollte langfristig wieder eine feste Beziehung eingehen,
aber nur wenn der neue Partner auch geeignet war,
dazu müsse sie diesen ja gründlich testen.
Was dass hieß, war bei Elke jedem inzwischen klar.

Karl und Frieda redeten immer auf sie ein,
dass sie vernünftig sein soll
und sich ernsthaft um einen neuen Partner,
der auch an eine langfristige Bindung interessiert ist,
zu suchen.

Aber Elke genoss statt dessen lieber die sexuelle Freiheit !

Der Herbst kam, aber Elfriede fand immer noch
kein besseres Angebot als das von Karl und Frieda.
Nachdem sie sich nicht meldete, fragte Karl und Frieda
nach ihrem Top-Angebot für „Malle" nach.
Es war Elfriede nicht mal peinlich,
aber sie suchte nicht intensiv genug, war ihre Antwort.
Gut, dann war klar, dass ein gemeinsamer Urlaub
mit ihr nicht mehr zielführend war.
Damit war die lange und aufwendige Suche von Karl
und Frieda bezüglich Hotel umsonst und beide bedauerten sehr,
dass Elfriede nicht mal in der Lage war,
dies sich einzugestehen, dass Karl und Frieda Recht hatten
mit ihrer Aussage bezüglich Saison auf „Malle".

Im Herbst auf dem dörflichen Straßenfest genossen
die vier Freunde, Otto, Karl, Elfriede und Frieda
den warmen und gemütlichen Abend bei einem deftigen Steak
und dazu ein paar frischen Bieren.
Die Stimmung war ausgelassen und entspannt,
sie blickten auf die vorbeiziehenden Dorfnachbarn,
ab und an wurde kurz mit den bekannten geplaudert,
ansonsten blickten sie auf den daneben liegenden
asiatischen Stand, der nur sehr schwach frequentiert war.
Die Dorfgemeinde aß lieber eine rote Bratwurst,
Schnitzelweck, Steak, Pommes Frites
oder für die Kinder ein paar Waffeln mit Puderzucker.
Bevor sie zu einem ausländischen Stand,
zum Beispiel dem Döner oder dem Asiaten ging.
Die Dorfgemeinde war eben noch etwas Rückständig
und bestand deshalb auf die alten Werte.

Es wurde dunkel und ein Mann in Feuerwehruniform
näherte sich dem asiatischen Stand,
es war der Kommandant der dörflichen freiwilligen Feuerwehr,
der Zwillingsbruder von Otto.
Die asiatische Köchin winkte dem Kommandanten zu
und lud ihn zum Essen ein,
gern setzte er sich an den Stand
und ließ sich ein kostenloses Mahl servieren.
Er genoss das Essen
und vermied jeglichen Blich zu den vier Freunden,
denn Otto und Elfriede waren ja immer noch mit ihm
und seiner Sippe im Streit.
Als der Kommandant mit dem Essen und trinken fertig war,
lief er weiter, u.a. an dem Stand der vier Freunde vorbei,
dabei blickte er auf die gegenüberliegende Straßenseite,
nur um sich der Peinlichkeit des Blickkontaktes zu seinem
eineiigen Zwillingsbruder
und dessen Freundin Elfriede zu entziehen.

Otto und Elfriede fuhren mit ihrem alten Wohnmobil
nach Ungarn in den Urlaub, an den Plattensee.
Otto fuhr energiesparend mit konstant
niedriger Geschwindigkeit,
um mit dem alten Auto Kraftstoff zu sparen.
Dies gefiel Elfriede ganz und gar nicht,
sie wollte schnell dort sein, egal ob es mehr Kraftstoff kostete.
So knirschte es immer wieder zwischen den beiden,
auf der Fahrt zum Plattensee.
Nur Ela war wie immer tiefen entspannt,
sie konnte fast nichts aus der Ruhe bringen.
Dort angekommen, baute Otto schnell alles auf,
die Gartenstühle, den Tisch und vor allem den neuen Grill.

Das Sonnendach wurde runter gekurbelt,
ein paar kühle Getränke serviert
und so konnten sich die drei erst einmal
etwas von der anstrengenden Fahrt ausruhen.
Dann liefen sie über die sauber gemähte Grasfläche zum See,
der einen flach abfallenden Sandstrand hatte.
Schnell ging es in das kühle Nass,
selbst Ela genoss das erfrischende Wasser im See.

So genossen sie die nächsten Tage am Plattensee,
Elfriede freute sich über das gesunde
und günstige Essen in Ungarn,
Otto schaute gern heimlich den jungen Frauen im Bikini nach
und Ela freute sich über die langen Spaziergänge
mit ihren beiden Herrchen.

Nach vier Tagen kam Karl mit seinem Sohn Tim
auf dem Motorrad vorbei,
um die zwei zu besuchen und dies als Zwischenstopp
für die Fahrt in die Türkei zu nutzen.
Nach über tausend Kilometer, zu zweit auf dem Motorrad,
fuhren die beiden einfach in den Campingplatz hinein,
ohne Rücksicht auf das Personal am Eingang.
Sofort hörten Otto und Elfriede die zwei
und winkten sie zu ihrem Stellplatz.
Die beiden waren von der langen Fahrt
und den hohen Temperaturen total erschöpft,
durch das laute Motorengeräusch über die tausend Kilometer,
hörte Karl kaum noch etwas.
Aber beide Motorradfahrer waren überglücklich
und stolz die Tour an einem Tag geschafft zu haben,
sie freuten sich auf das Wiedersehen mit Otto und Elfriede,
so wie eine gemütliche Nacht im Wohnmobil.

Karl lud alle zum Abendessen in ein schickes Restaurant ein,
zum Fleisch und dem reichhaltigen Gemüse
gab es einen kräftigen Rotwein aus Balaton Boglar,
einem Weinort am Plattensee.
Danach noch ein paar ungarische Schnäpse
und dann wurde es Zeit für die Nachtruhe.
Am nächsten Tag stand Karl früh auf und brachte
frische Brötchen, Schinken, Salami und Käse mit,
der Tisch war reichlich und schön gedeckt, bis alle aufstanden.
Nach dem Frühstück ging es spazieren mit Ela
und anschließend auf Karls Kosten zum Mittagessen.
Danach genossen alle das herrliche Wetter
mit einem Nachmittag am See,
es wurde geschwommen, gefaulenzt
und mit dem Hund gespielt, alle waren sehr zufrieden.
Selbstverständlich lud Karl
auch wieder alle zum reichhaltigen Abendessen ein,
es wurden ungarischen Spezialitäten genossen,
das ganze wieder bei ein paar Gläsern Rotwein.
Auf dem Weg zum Campingplatz spendierte Karl
allen noch ein Eis und ein Langos mit Knoblauch und Käse.
Kurz vor dem Campingplatz fauchte Elfriede Karl plötzlich an,
„willst du dich nicht an den Campingplatzkosten beteiligen,
schließlich habt ihr ja auch hier übernachtet".
Karl sagte, „ihr habt keinerlei Mehrkosten
durch uns auf dem Campingplatz
und ich habe die zwei Tage alle komplett verköstigt,
das sollte wohl reichen" !
Karl war froh, als er am nächsten Morgen mit Tim
weiter zum Schwarzen Meer fuhr,
für ihn war es eine absolute Frechheit unter Freunden,
für zwei Nächte im Wohnmobil,
auch noch Geld zu verlangen, zumal er alle eingeladen hatte
und sämtliche Kosten übernahm.

Er wunderte sich über Elfriede, wie gierig diese war,
bei jeder Gelegenheit das maximale rauszuholen.
Er dachte sich im stillen,
der Geiz und die Gier wird sie noch eines Tages zerfressen.

Ein paar Monate später heiratete Bärbel
ihre neue Liebe Günter,
Karl und Frieda brachten beiden ein sehr schönes Geschenk
und gratulierten ihnen ganz herzlich.
Bärbel wirkte wieder sehr glücklich
und alle in der kleinen Sackgasse gönnten ihr das.
Leider konnte Günter nur am Wochenende bei ihr wohnen,
weil er seine berufliche Tätigkeit,
in seinem Heimatort nicht aufgeben konnte.
Es wurde fest vereinbart, wenn er Rentner wird,
zieht er spätestens zu ihr in das schöne
verklinkerte Haus in dem kleine schwäbische Dorf,
um für immer bei ihr zu sein.
Die nächsten vier Wochen turtelten
die zwei was das Zeug hielt, das Glück stand ihnen ins Gesicht
geschrieben, die Nachbarn wurden regelrecht angesteckt.

Am Montag ging Bärbel zu einer Routineuntersuchung
zum Frauenarzt, danach war sie nicht mehr wieder zu
erkennen, der Arzt diagnostizierte einen Knoten in der Brust.
Sehr schnell wurde ein Operationstermin festgelegt
und der bösartige Knoten entfernt, die Chemotherapie
mit Strahlenbehandlung dauerte ungefähr ein Jahr an.
Sie verlor die gesamte Behaarung am Körper
und war sehr dünn und zerbrechlich geworden.
Die Therapie machte sie fix und fertig,
ihre größte Sorge war, das ihre neue Liebe daran zerbrach.
Aber Günter war ein Kämpfer und unterstützte sie
wo er konnte, dies half ihr sehr über die harte Zeit hinweg.

Nach einem Jahr fing langsam das Kopfhaar
wieder an zu sprießen, der Kurzhaarschnitt stand ihr gut.
Nach und nach ging es ihr besser und als dann letztendlich
das positive Ergebnis vom Arzt verkündet wurde,
der Krebs sei vorerst besiegt und hatte auch nicht gestreut,
war sie zwar noch schlapp aber überglücklich.
Denn nun konnten die hoffentlich glücklichen Jahre
mit Günter und ihren vier Söhnen folgen.
Im nächsten Sommer buchte Karl mit seinem Sohn
und seinem langjährigen Freund Lars eine einwöchige Reise
an den Gardasee,
um sich von den Strapazen in der Firma zu erholen.
Lars war Single und buchte die größte Suite,
im vier Sterne Hotel, in Limone am Gardasee.
Karl und Tim buchten dagegen nur ein Doppelzimmer
in dem tollen Ambiente.
Leider fiel Lars kurz vor dem Urlaub
aus gesundheitlichen Gründen aus,
da er keine Reiserücktrittsversicherung hatte
und keinen Cent mehr als Entschädigung bekam,
schlug Karl vor er übernahm die Suite
und bezahlte ihm den Preis des Doppelzimmers.
So ging Lars nicht ganz leer aus und Karl
und Tim konnten die Suite nutzen.
Elfriede bot sich an, pauschal das Doppelzimmer
für einhundert Euro inklusive Halbpension,
für eine Woche zu übernehmen, alle waren einverstanden,
so starten sie kurz danach Richtung Gardasee.
Natürlich reichten die einhundert Euro bei Weitem
nicht für eine Woche Halbpension im Hotel am Gardasee,
den großen Rest bezahlte Karl großzügig.
Selbstverständlich fuhr Elfriede bei Karl
und seinem minderjährigen Sohn Tim kostenfrei im Auto mit.

Karl bezahlte die Getränke zum Mittag- und Abendessen
und übernahm alle Kosten bei den Ausflügen.
So war Elfriede sehr zufrieden, für eine Woche Limone
am Gardasee, in einem Doppelzimmer im vier Sterne Hotel,
für nur einhundert Euro zu verbringen,
das hob ihren Stimmungspegel enorm an.
Die sieben Tage vergingen schnell
und alle kamen wieder gesund und glücklich nachhause.
Karl freute sich sehr auf seine Frau Frieda,
die ihm großzügig den Urlaub genehmigte,
weil sie selber nicht gern am Gardasee war,
dort gab es nichts für sie und auf Wandern und Bewegung
stand Frieda nicht, für sie musste es schon
ein Fünfsterne Hotel am Strand sein, am besten direkt am Meer.
Tim gefiel es ebenfalls sehr gut am Gardasee,
dennoch freute auch er sich,
seine Freunde im kleinen schwäbischen Dorf wieder zu sehen.

Elke wurde mit den Jahren doch noch etwas bodenständiger
und fand einen Herren aus dem Saarland,
der aus lauter Liebe zu ihr ins Dorf zog.
Er hieß Hugo und ehelichte sie noch im selben Jahr,
in dem sich beide kennenlernten.
Hugo hatte eine sehr übergewichtige
siebzehnjährige Tochter und einen Sohn.
Der Sohn war bereits über achtzehn Jahre
und stand selbstständig im Leben, die Tochter
blieb im Saarland und wohnte bei ihrem neuen Freund.
Seine Tochter und der junge Freund
schien wohl nicht aufgeklärt zu sein,
denn die zwei jungen Personen wollten verhüten,
in dem er eine Netzinnenhose aus der Sporthose schnitt
und diese zur Verhütung verwendete.

Das funktionierte natürlich nicht und so wurde das Mädchen
einen Monat nach ihrer Beziehung schwanger.

Karl und Frieda verreisten in den Jahren sehr oft
und so sahen sie die ganze Welt,
das machte Otto und vor allem Elfriede sehr neidisch,
Elfriede ließ das Frieda oft sehr persönlich spüren.
Ihre Kommentare waren zum Teil sehr beleidigend
und unter guten Freunden eigentlich unvorstellbar.

Da Elfriede den Gardasee in so guter Erinnerung hatte,
wollte sie unbedingt mit Otto, Karl und Frieda gemeinsam
dorthin fahren und einen schönen Urlaub verbringen.
So beschlossen sie, Otto und Karl fuhren mit dem Motorrad hin
und Elfriede fuhr mit ihrem Auto
und nahm das Gepäck, so wie Frieda mit.
Die beiden Herren freuten sich auf dies schöne Motorradreise
und das Ganze auch noch ohne Gepäck.
So fuhr die kleine Motorradgruppe früh am Morgen
um vier Uhr los und erreichten bei einer gemütlichen Fahrt
durch das Alpenland zum Mittag das Hotel.
Parkten ihre Motorräder in der großen Garage,
die allen Bikern zur Verfügung stand.
Tranken ein frisch gezapftes Bier
und warteten auf die zwei Frauen.
So ab drei Uhr machten sich die Biker langsam Sorgen,
wo die Frauen blieben, hoffentlich ist nichts passiert.

Elfriede und Frieda kamen total genervt
um vier Uhr nachmittags an.
Elfriede stieg noch nicht aus dem Auto,
da konnte man ihren Zorn auch schon hören und spüren.

Eigentlich gab es keinen echten Grund dafür,
aber sie musste die ganze Strecke,
aus ihrer Sicht alleine fahren, obwohl Frieda
ihr immer wieder das Fahren abwechselnd anbot.
Nach dem auspacken ging es zum Abendessen,
dass übrigens sehr gut schmeckte.

Die Getränke zum Essen, meistens Wein und Wasser
bezahlte Karl großzügig jeden Tag für alle,
ebenso den Sekt zum Frühstück und auch wenn es mittags
zum Essen ging übernahm Karl alle Kosten im Restaurant.
Zum Frühstück, am ersten Morgen,
hing der Haussegen bei Elfriede total schief,
ihrem Gesicht war anzusehen,
alle Signale standen auf Angriff und Krieg.
Es war nur die Frage der Zeit, wann die Bombe platzen würde.
Otto fragte Elfriede nach dem Kaffee,
sie bestellte bei Otto einen Latte Macchiato, er sprang
und brachte sofort einen frischen Latte Macchiato,
alle waren begeistert.
Nur Elfriede nörgelte an dem Latte Macchiato,
„der ist ja kalt, den will ich nicht mehr".
Otto fragte, „was magst du denn dann Schatz" ?
Elfriede, „nur eine Tasse Kaffee ohne alles".
Otto sprang auf und brachte einen herrlich
duftenden frischen Kaffee, sie maulte wieder herum,
„der ist viel zu klein, bring mir eine Kanne Kaffee".
Otto sprang abermals auf und holte eine Kanne Kaffee,
diese war ihr jedoch wieder zu klein.
Das ganze Restaurant blickte schon auf Elfriede
und schüttelte den Kopf, ungläubig.
Otto rannte und holte eine große Kanne Kaffee,
die eigentlich für sechs Personen gedacht war.

Gleichzeitig servierte er ihr in einem schönen Brotkorb
frische Mohnbrötchen, Käsebrötchen,
Laugenbrezeln und ganz frische, noch warme, Körnerbrötchen.
Elfriede beschimpfte ihn abermals wegen
den frischen Brötchen,
„was soll das alte Zeug, das kann ich mir auch selber holen".
Otto war erschüttert, er wusste nicht mehr
wie er ihr irgendwas recht machen konnte,
es war ihm auch extrem peinlich, weil der ganze
Frühstücksraum schon auf ihn und Elfriede schaute.
Die Gäste schüttelten die Köpfe
und fingen das Tuscheln über Elfriede an.
Karl und Frieda war das Verhalten von Elfriede
ebenso peinlich, versuchten es aber zu überspielen.
Den ganzen Morgen ging es am Frühstückstisch so weiter,
es wurde beschlossen, einen Tagesausflug mit Elfriedes Auto
an das flache Südufer des Sees zu unternehmen.
Jetzt flippte Elfriede komplett aus, „auch noch mit meinem
Auto und meinem Benzin, ihr habt wohl alle einen Vogel".
Der Tank war komplett leer,
weil Elfriede nicht einmal auf der Hinfahrt getankt hatte.
Otto konnte sich nicht mehr beherrschen
und schrie Elfriede an, „dann tanke ich das Auto voll".
Plötzlich schwenkte sich Elfriedes Laune
um hundert Prozent, sie strahlte wieder.
Karl und Frieda waren innerlich zerrissen
und konnten das Verhalten von Elfriede nicht verstehen,
es ging ihr nur um die Spritkosten
und deshalb hatte sie so schlechte Laune, unglaublich.
Was der Geiz mit einem Menschen so alles treibt !

Nachdem Elfriede keine Kosten mehr zu erwarten hatte,
war ihre Laune deutlich besser.

So verging die Zeit wie im Flug
und es gab doch noch etwas Erholung in diesem Urlaub.
Karl ging immer mit Ela joggen,
doch wenn er das zweite Mal am Hotel vorbei lief,
blieb Ela einfach stehen
und das Halsband rutsche über ihren Kopf.
Karl musste lachen, Ela war halt ein bisschen faul beim Laufen
und wusste genau wann sie genug hatte.

Es war auch immer lustig, wenn Karl mit Ela
an der Felswand entlang, auf einem vier Meter breitem Steg
mit hohem Geländer zum Abgrund lief,
denn der Hund hatte Höhenangst
und drückte sich immer fest an die Felswand.

Am vorletzten Tag am Gardasee zog ein Gewitter auf,
er gab einen heftigen Wolkenbruch,
zu erst war es nur Regen, doch dann kamen kleine
Hagelkörner, alle lachten über das Wetter.
Die kleinen Hagelkörner lagen schon zehn Zentimeter
hoch auf der Straße und der Hotelanlage,
die Lage entspannte sich
und der starke Regen folgte bestimmt ein viertel Stunde lang.
Die kleinen Hagelkörner wurden zum großen Teil weggespült
und es klarte langsam etwas auf.
Dann kamen erneut Donnerschläge und Hagelkörner,
nur diesmal waren sie so groß wie Minigolfbälle.
Das ganze dauerte keine fünf Minuten und alles war zerstört.
Es schlugen Löcher in die Kunststofftische des Hotels,
die Sitzfläche der Stühle wurden durchschlagen,
die Äste an den Bäumen brachen ab
und wurden auf den Boden geschleudert.

Alle parkenden Autos vor dem Hotel hatten Beulen im Blech,
bei den schönen Porsches durchschlug es sogar
die großen Frontscheinwerfer und die Stoffdächer.
Elfriede ihr Auto war auch betroffen,
es zahlte zwar alles die Versicherung,
aber Elfriede blieb auf Fünfzig Euro sitzen, das machte sie
fix und fertig, sie verlangte, das alle dies bezahlen sollten.
Sie schimpfte auf die „blöden Motorräder",
weil die geschützt in der Garage standen.
Weil keiner der Mitreisenden die Fünfzig Euro
übernehmen wollte, schimpfte sie noch Wochen lag.
Auf der Heimfahrt pöbelte Elfriede,
kurz vor dem Heimatdorf, Frieda an,
„willst du nicht auch mal Sprit bezahlen,
oder wie stellst du dir das vor" !
Frieda war die Diskussion zu blöd
und so bezahlte sie den gesamten Sprit für die Heimfahrt,
wiedermal wurde Elfriedes Laune schlagartig besser,
ja nun war sie wieder bereit für Späße.
So war dieser Urlaub auch wiedermal extrem günstig
für Elfriede, keine Benzinkosten,
keine Ausgaben für die Getränke und den Restaurantbesuchen,
nur mit den fünfzig Euro für die Versicherung
wegen des Hagelschadens maulte sie noch lange umher.
Otto, Karl und Frieda waren sich einig, das bezahlen
wir nicht auch noch und ließen sie ins Leere laufen.

Ottos eineiiger Zwillingsbruder, der auch
in der dörflichen Gemeinde Feuerwehrkommandant war
und als einziger Mitarbeiter im Klärwerk arbeitete,
verliebte sich in eine junge Frau aus Dresden.
Sie war fünfzehn Jahre jünger als er und hatte vier Kinder,
eins davon war leider etwas behindert.

Die Frau trug rot-orange gefärbtes glattes Haar,
das ihr bis auf die Höhe des Kinns hing,
sie war schlank, hatte aber trotzdem weibliche Konturen.
Sie sah sehr verlebt aus,
vermutlich waren das die Folgen aus der Vergangenheit,
denn sie trank gerne, rauchte sehr viel
und konsumierte verschiedene Drogen.
Heimlich traf er sich immer wieder in der
schwäbischen Gemeinde oder fuhr nach Dresden zu ihr.
Die Frau war kein Kind von Traurigkeit,
denn ihr geschiedener Mann lebte immer noch in der Wohnung
mit Ihr und es war nicht wirklich klar,
wer denn in Zukunft ihr Lebensgefährte werden sollte.
Sie trieb es mit ihrem ehemaligen Gatten immer noch
und wenn der Zwillingsbruder kam,
dann trafen sich die zwei in einer kleinen, billigen
und schäbigen Pension in Dresden.
Kam sie ins schwäbische Dorf,
dann verlief das in ähnlicher Art und Weise ab.
Da die zwei nachts von den Dorfbewohnern gesehen wurden,
wurde das schnell zum Dorftratsch.
Elfriede bekam dies auch irgendwann mit
und spionierte den beiden nachts hinterher,
um sich ein eigenes Bild davon zu machen
und bei Otto gegen seinen eineiigen Zwillingsbruder zu hetzen.
Das gefiel ihr, denn gleichzeitig stiegen
dadurch ihre Dortmunder Gesellschaft im Ansehen.

Natürlich konnte Elfriede sich nicht verkneifen,
die Frau des Zwillingsbruders zu kontaktieren
und ihr dies brühwarm unter die Nase zu reiben.
Da blühte sie auf, denn das Pech der anderen war ihr Genuss.

Seine Frau wollte es erst nicht glauben,
hörte es aber wohl schon von anderen Dorfbewohnern.
Dann sagte sie nur zu Elfriede „mir halted der Ball flach"
und wollte nicht weiter über das Thema reden.
Damit endete die Konversation,
Elfriede war enttäuscht über die spärliche Aussage.

Ein paar Wochen später war im Dorf der Tag der offenen Tür
und der Feuerwehrkommandant war auch mitten im Geschehen
und präsentierte die Feuerwehr.
Der eineiige Zwillingsbruder ging davon aus,
dass die Präsentationen abgeschlossen,
der Bürgermeister und alle Gäste zufrieden mit ihm
und seiner Feuerwehr waren.
Deshalb ging er zum gemütlichen Teil über
und trank mit seinen Feuerwehrkameraden ein paar Bier,
dazu aßen die Herren rote Wurst mit Pommes Frites,
oder Schwenkbraten vom Grill.
Die Stimmung war ausgelassen und gut,
deshalb wurde verbal auch ordentlich auf den Putz gehauen.
Dann wurde es auf einmal ganz ruhig in der Runde,
denn die Feuerwehrkameraden hatten die Geliebte
des Feuerwehrkommandanten entdeckt.
Der eineiige Zwillingsbruder stand auf
und küsste sie unauffällig,
beide spazierten in die Dunkelheit davon.
Er zeigte ihr das größte
und modernste Feuerwehrauto von innen,
dort wo die Mannschaft normalerweise im Einsatz saß,
da gab es auf den zwei Sitzreihen sehr viel Platz.
Schnell zog er die Tür zu und fing an mit ihr zu Knutschen,
dabei waren beide so erregt, dass sie ihm die Hose öffnete
und mit seinem erregten Penis spielte.

Er öffnete ihren Büstenhalter
und griff an ihre inzwischen freiliegenden Brüste.
Die Erregung stieg bei beiden immer stärker an und so kam es,
dass er sie auf die Feuerwehrsitzbank setzte,
ihren kleinen durchsichtigen schwarzen Slip
unter dem Minirock wegzog
und ihre glatt rasierte Scheide mit der Zunge bearbeitete.
Das machte sie so scharf,
dass sie sofort genommen werden wollte,
dies musste man ihm nicht zweimal sagen
und er zog seine Hose ganz runter
und schob seinen erregten Penis in sie hinein.
Beide genossen den Sex sehr und stöhnten nur ganz leise,
damit sie niemand hören konnte.
Sie erlebten beide einen wunderschönen Orgasmus
und waren überglücklich, vergaßen die Umgebung
und ließen sich im Rausch der Liebe treiben.

Plötzlich ging die Tür auf und die Innenbeleuchtung
des Feuerwehrautos strahlte die Beiden
in ihrer fast nackten Liebesstellung grell und unangenehm an,
versteinert blickten beide zur Tür.
Der Bürgermeister mit seinen prominenten Gästen
wollte in das Feuerwehrauto steigen,
um diesen die moderne
und großzügige Innenkabine zu präsentieren.
Geschockt sah er und seine Gäste den
Feuerwehrkommandanten mit seiner Geliebten beim Liebesakt.
Schnell schloss er wieder die Tür und schrie dabei
zum Feuerwehrkommandanten, „das hat Folgen".

Die Stimmung in der Gemeinde war zwischen dem
Bürgermeister und dem Feuerwehrkommandanten
wochenlang getrübt, die Aussprache half auch nicht wirklich,
es konnte nur über die Zeit Gras darüber wachsen.

Weil die prominenten Gäste die Situation
im Feuerwehrauto auch gesehen hatten,
wurde das ganze schnell zum Dorfgespräch.

Ein paar Wochen später reichte der Zwillingsbruder
die Scheidung ein
und seine Ehefrau zog mit den Kindern aus,
in die Nachbargemeinde in ihr Elternhaus.

Inzwischen verstarb auch der Schäferhund Mischling Ela
und wurde ebenfalls würdevoll auf dem Stückle
von Otto und Elfriede begraben.
Beide zierten sich wieder einen neuen Hund zu suchen, bzw.
diesen in die Familie zu integrieren.
Elfriede fühlte sich zu alt und Otto konnte auch nicht
die ganze Arbeit mit dem Hund leisten.
Es entbrannte die Diskussion über einen kleineren Hund,
obwohl Elfriede dies eigentlich nicht gefiel.
Ein paar Tage später besuchten sie das große Tierheim
in der Kreisstadt
und entdeckten dort einen sieben Monate alten,
reinrassigen schönen Schäferhund.
Dieser war extrem aufmerksam und sehr nervös.
Vor dem Hundezwinger diskutierten
beide noch über den Hund namens Bell,
einigten sich mit dem Tierheim
auf einen Probespaziergang, mit dem schönen Tier.

Da beide so fasziniert vom äußeren des Hundes waren,
sagten sie dem Tierheim anschließend zu
und schlossen einen schriftlichen Vertrag,
holten den Hund am nächsten Samstag ab.
Der Hund wurde ausgesetzt und festgebunden an einem
Laternenpfahl auf einer Landstraße gefunden.
Es schien der typische, klassische Fall zu sein,
den Hund auf der Fahrt vor den Sommerferien aus zu setzen.
Der Hund war nervös
und schnappte immer nach allem mit seiner Schnauze.
Leider hatte der schöne Schäferhund keinerlei Erziehung
in den ersten sieben Monaten genossen,
das Tierheim versuchte die Grundkommandos
dem Hund beizubringen, leider nur mit mäßigem Erfolg.

Karl und Frieda wurden mit dem Hund überrascht,
beide waren auch der Meinung,
das der Hund sehr schön und aufmerksam sei,
aber extrem nervös und schnappte immer.
Elfriede meinte zu Karl,
„das ist kein Problem, wenn der sich erst mal eingelebt hat,
wird der Hund schon ruhiger
und ich kenne mich ja mit der Rasse bestens aus,
da ist die Erziehung auch kein Problem".
Elfriede ermahnte Karl in leicht erregtem Unterton,
„du gibst der Bell keine Leckerli,
sonst hört der Hund auch wieder mehr auf dich als auf uns,
das darf nicht sein, schließlich ist das unser Hund".
Karl war etwas enttäuscht,
denn er meinte es immer nur gut mit der Ela,
konnte die Reaktion von Elfriede nicht verstehen,
akzeptierte dies aber und brachte auch keine Leckerli mehr mit.

Der Hund mochte Karl durch seine ruhige
und einfühlsame Art trotzdem.
Er schaffte es ohne Leckerli,
dass der Hund nach ein paar Monaten,
genauso die Begrüßungszeremonie,
wie die liebe Ela, mit ihm durchführte.
Das gefiel Elfriede ganz und gar nicht,
sie schlug immer mit dem Schuh
oder anderen Gegenständen auf den Hund ein,
Karl konnte das überhaupt nicht leiden,
er befürchtete mit dieser Art der Erziehung
wird der Hund nur noch nervöser
und lernt die Befehle von ihr nicht.
Letztendlich wird das noch ein sogenannter Angstbeißer,
befürchtete Karl.

Elfriede und Otto kamen mit dem Hund nicht zurecht,
sie holten sich Unterstützung vom Tierheim,
aber auch das half nicht um den Hund zu erziehen.
Inzwischen wurden Otto und Elfriede immer nervöser,
sie überlegten Bell zum Tierheim zurück zu geben.

Sie holten sich gegen Bezahlung
einen professionellen Hundetrainer,
der versuchte den Hund auf Kurs zu bringen,
dieser machte Elfriede klar, mit Schläge wird das nichts,
sie müsse den Hund durch Leckerli
und Einfühlungsvermögen auf ihre Seite bringen.
Gemeinsam mit dem Hundetrainer, Leberwurst
und weiteren Leckerlis wurde es dann langsam besser.
Der Hund kam bei jedem Besuch immer sofort zu Karl,
er stand einfach auf ihn,
auch wenn es von ihm keine Leckerli gab.

Als die Hündin älter wurde und mit Karl spielte,
kam sie nach einer Weile immer zu ihm
und dreht ihr Hinterteil zum Besteigen hin,
Karl meinte dann immer,
„das geht doch nicht, ich bin doch kein Hund".

Nachdem es mit dem alten Wohnmobil
von Otto und Elfriede immer Ärger beim TÜV gab,
die Plakette und das Auto nicht mehr auf die neuste Technik
umgerüstet werden konnte, so wie durch viele Großstädte
nicht mehr bewegt werden durfte, wurde es verkauft
und beide suchten eine ganze Zeit lang
nach einem günstigeren und jüngeren Wohnmobil.
Otto fand dann das perfekte Wohnmobil,
es war einen Meter länger, hatte eine gute Ausstattung,
die Toilette war vom Bad separat
und es war erst eineinhalb Jahre alt, mit nur einem Vorbesitzer.
Dazu hatte das Auto ganz wenig Kilometer,
der Kundendienst war gerade durchgeführt
und es kostete nur knapp über dreißig Tausend Euro.
Der Kauf wurde schnell abgeschlossen
und stolz wurde das neue Wohnmobil dem Freundeskreis,
der Verwandtschaft,
natürlich nur der von Dortmund, präsentiert.
Selbst der neue Hund Bell fühlte sich im Wohnmobil wohl
und verhielt sich in der Regel brav darin.

Otto und Elfriede suchten immer noch verzweifelter
nach einem schönen, kleinen, aber freistehendem Haus,
das am besten in der Nähe lag,
es sollte aber trotzdem auch sehr günstig sein.

Karl und Frieda versuchten es ihnen immer wieder auszureden,
da Elfriede nun schon sehr alt war
und so eine Belastung sie sicherlich überfordern würde,
aber das motivierte die beiden immer mehr.
Die Stimmung wurde bei diesem Thema immer schlechter,
weil die beiden, mit ihren Budgetvorstellungen,
einfach nichts finden konnten.
Elfriede griff Frieda immer wieder verbal an und hielt ihr vor,
„mit deinem Beruf als Friseuse kannst du dir diesen
Wohlstand
nicht leisten, du wohnst in einem schönen großen Haus,
gehst bis zu sechs Mal im Jahr in einen exklusiven Urlaub,
bekommst sehr viel Taschengeld von deinem Gatten
und arbeitest die letzten dreißig Jahre nichts.
Kümmert dich nur ein bisschen um den Haushalt
und den Rest erarbeitet und leistet dein Gatte Karl.
Dann kommt noch ein Spitzengehalt von Karl
und die vielen Mieteinnahmen hinzu. Eigentlich
würde mir der Wohlstand zustehen und nicht dir, Frieda"!

Frieda ging nicht auf Konfrontation mit Elfriede,
sondern ließ sie regelmäßig ins Leere laufen,
aber das wiederum stachelte Elfriede immer weiter an,
so wurde das Thema langsam nervig.
Im Frühjahr fuhren Elfriede und Otto mit ihrem neuen
Wohnmobil und Bell nach Kroatien,
nachdem Frieda und Karl ihnen von ihren
vielen schönen Urlaubsreisen in Kroatien erzählt hatten.

Karl zeigte den beiden vor der Fahrt, am Trollingerabend,
nochmals ihre schönen Urlaubsfotos aus Kroatien.
Im Norden das europäisch wirkende Istrien,
mit ihren schönen kleinen mediterranen alten Städtchen,
egal ob Novigrad, Porec, Rovinj, Pula, Opatija oder Rabac,
alle hatten ihren eigenen südländischen Flair.

Die Städtchen lagen alle direkt am Meer
und es gab überall herrliches Wasser zum Schwimmen,
die kroatische Küche schmeckte Karl und Frieda gut
und sie genossen die vielen Wochen in den kleinen
Hotels an der kroatischen Küste. Beide waren
aber erst so richtig begeistert über Mittel- und Süddalmatien.
Denn dort gab es sehr wenig Tourismus und herrlich frisches,
klares und sehr sauberes Wasser.
Das Vorderland war flach, karg und meist felsig,
dahinter lagen hohe Berge
die um die zweitausend Meter hoch ragten,
das war ein Panorama, das man einfach lieben musste.
Sie besuchten auch viele schöne Inseln,
wie Cres, Losinj, Unje, Susak, Krk, Rab, Pag, Brac, Hvar,
Korcula, so wie die Halbinsel Peljesac.
Selbstverständlich besichtigten sie auch die beeindruckenden
Nationalparks „Plitvitcer Seen" und „Krka",
so wie die alten und imposanten Festungsstädte Split,
Trogir und Dubrovnik.
Karl fuhr über dreißig Mal die kroatische Küste rauf
und runter bis an die Landesgrenze
und durch Bosnien Herzegowina, er kannte alle Straßen,
die küstennahen, aber auch die im Inland.
Es war jedes Mal ergreifend diese schöne, raue
und teilweise sehr karge Landschaft zu sehen,
der Duft der Pinien und Kiefern lag in der warmen
und mediterranen Luft.
Es war ein Genuss für Körper und Geist,
das einzige was nervte, waren die ständigen Radarkontrollen
an den Straßen durch die kroatische Polizei,
die es immer auf die Touristen abgesehen hatte.

Natürlich besuchte sie auch viele Inseln in Kroatien
mit dem Segelboot, ein besonderes Highlight
waren die bezaubernden Kornaten im Nationalpark,
die aus vielen kleinen unbewohnten Inseln bestanden
und von der Außenwelt komplett abgeschlossen waren.
Es gibt in Kroatien vereinzelt
auch wunderschöne kleine Sandstrände,
die flach ins Meer abfallen,
diese müssen aber gesucht und gefunden werden.
Das Hinterland von Kroatien ist ebenfalls sehr beeindruckend,
dort kann man seine Ruhe in der kargen,
aber auch abwechslungsreichen Landschaft finden.
Herrliche Seen mit ganz unterschiedlichen Farben
sind dort zu entdecken, man findet auch sehr ursprüngliche,
kleine einsame Dörfer,
die weit weg von der Zivilisation liegen.
Es kann auch mal ganz kräftig grün sein,
z.B. im Flusstal der Neretva, besonders beeindruckend
ist das Flussdelta vor dem einfließen in das Meer.
Die schmackhafte und kräftige Küche in Kroatien
ist abwechslungsreich, es gibt ebenso
Fisch- wie Fleischgerichte, so wie lokale Spezialitäten.
Es werden gern ganze Tiere in Kroatien, wie Rind,
Schwein, Schaf, und Ziege am Spieß gegrillt,
dazu frisches Brot und Gemüse aus der Region gereicht,
selbstverständlich trinkt man
dazu den eigenen kräftigen Rotwein aus der Gegend.
Ein besonderes Highlight war die Halbinsel Peljesac
in der Gegend um Orebic, dort konnte auf die Insel Korcula
und weitere kleine unbewohnte Inseln geschaut werden,
es sah aus wie auf den Malediven,
einfach herrlich, diese Farben, das Panorama.

Es gibt in Orebic einen kleinen Friedhof,
der auf einer Anhöhe am Berg liegt,
dort sind überwiegend Kapitäne zur See beerdigt
und alle Schiffskapitäne wissen dies,
selbst die auf den großen Kreuzfahrtschiffen.
Fahren Schiffe am Friedhof vorbei, dann geben sie
zu Ehren der ehemaligen Kapitäne das Signalhorn,
dies ist immer sehr ergreifend,
vor allem wenn gerade der Friedhof besucht wird.

Karl entdeckte diese herrliche Gegend
auf einem seiner Urlaubsfahrten mit dem Motorrad
und führte später öfters seine ganze Familie
zu diesem bezaubernden Flecken Erde, um die Gegend,
das Meer und natürlich die gute Küche im Urlaub zu genießen.

Als Elfriede und Otto von ihrem Urlaub aus Kroatien
mit dem Wohnmobil zurück kamen,
erzählten sie Karl und Frieda nur negatives von Kroatien,
„alles zu teuer, die Menschen sind unfreundlich,
die Campingplätze verdreckt, usw.".
Elfriede war in ihrem Element,
denn wenn etwas bezahlt werden sollte, war es schon nichts.
Karl und Frieda sagten nichts dazu,
sie wussten ja vom Gardasee wie das alles lief bei Elfriede.
Karl und Frieda dachten sich,
eigentlich sind wir Schwaben ja sparsam, man sagt auch geizig,
aber diese Frau aus Dortmund schien alles bei Weitem
zu übertreffen, der Geiz war ihr Lebenselixier.

Nachdem sich die Gemüter wieder etwas beruhigt hatten,
beschlossen Elfriede und Otto, nur noch maximal
in Richtung Süden bis zum Bodensee zu fahren.

Weil dann, wegen der kurzen Entfernung,
das Benzin nicht so teuer ist
und es gratis Stellplätze für Wohnmobile gibt, denn
weiter im Süden ist ja eh alles nur schlecht und überteuert.

Karl und Frieda beschäftigten sich nicht mehr
mit dem Urlaub von Elfriede und Otto,
sie planten stattdessen ihre erste große Weltreise,
die vier Monate lang sein sollte.
Mit dem Kreuzfahrtschiff ging es einmal
westwärts um die Welt.
Nachdem alles in trockenen Tücher war,
wurde die Vorfreude immer stärker,
letzte organisatorische Dinge wie Visum,
private Krankenversicherung, Reiserücktrittsversicherung, usw.
wurden noch erledigt und dann ging es auch schon los.
Elfriede konnte das natürlich überhaupt nicht verstehen,
wie man vier Monate auf Weltreise gehen kann,
denn „eigentlich stand ihr das ja zu".
Karl und Frieda ließen sich die Vorfreude nicht nehmen
und verbrachten fantastische vier Monate auf See,
es ging aus dem Mittelmeer nach Südamerika,
bis runter zum Kap Horn und auf der anderen Seite durch die
Beaglestrasse, die Magellanstraße, an den gigantischen
Gletschern vorbei, bis Nordchile, dann über die Osterinseln,
Moorea, Tahiti, Bor-Bora, Tonga nach Neuseeland,
anschließend nach Sydney, Melbourne, Freemantle und
Perth über den Indischen Ozean nach Sri-Lanka, Indien,
weiter zu den VAE, dem Oman
und durch den Suezkanal wieder zurück nach Italien,
auf dem Weg wurde noch das weltberühmte Petra in
Jordanien besucht und besichtigt.

Insgesamt waren es über fünfzig Stationen die besichtigt
wurden, oftmals lag das Kreuzfahrtschiff zwei Tage vor Ort,
so konnten lange Landausflüge durchgeführt werden.
Erholt und restlos begeistert kamen Karl und Frieda
von der Weltreise zurück.

Ein paar Wochen später fuhren Otto und Elfriede
mit Hund Bell wieder an den Bodensee
und luden Karl und Frieda ein, sie einen Tag zu besuchen,
er wollte seinen neuen Gasgrill testen.
Karl und Frieda sagten zu und fuhren mit ihrem neuen
dreier BMW das erste Mal auf der Autobahn,
das Auto lag gut auf der Straße und verbrauchte,
trotz hohen Geschwindigkeiten, wenig Kraftstoff.
Versehentlich fuhren beide ein paar Meter
auf der österreichischen Autobahn,
die Rechnung dafür kam überraschend ein paar Wochen später,
„Einhundert zwanzig Euro".
So um neun Uhr erreichten die zwei
Otto und Elfriede an ihrem neuen Wohnmobil,
der Grill stand auch schon bereit,
um ein paar leckere Rindersteaks zu grillen.
Zur Begrüßung gab es nichts,
obwohl Karl und Frieda mit leerem Magen angereist waren.
Karl wunderte sich sehr, kein Frühstück,
obwohl ein alter angefangener Zopf in Reichweite stand.
Oder wenigstens, nach der langen Anreise,
etwas zum Trinken zu erhalten.
Stattdessen fragte Otto Karl, „könntest du uns mit deinem
BMW in die nächste Ortschaft fahren,
dann könnten wir etwas einkaufen".
Karl sagte ohne Zögern zu und vermutete,
dann holen wir die Steaks und die Getränke,
frisch zum Grillen, super.

Otto kaufte im Supermarkt einen frischen Mohnkuchen,
zwei Flaschen Bier, Fleisch und weitere Lebensmittel.
Karl freute sich auf den Mohnkuchen zum Frühstück,
das Fleisch, das sicher für das gemeinsame Mittagessen
auf den Grill kommt.
Zurück zum Wohnmobil,
dort verstaute Otto alles frisch gekaufte im Kühlschrank.
Elfriede fragte, „gehen wir mit Bell ein wenig spazieren".
Alle sagten zu, so ging es die nächsten drei Stunden zum See
und an dessen Ufer entlang, mit vollem Magen
wäre das auch sicher ein toller Spaziergang geworden,
aber ohne Trinken und gar Essen knurrte Karl und Frieda
der Magen, sie ließen sich aber nichts anmerken.
Karl fragte hier und da, ob wir nicht einkehren
und ein frisches Bier in der Gartenwirtschaft trinken,
Elfriede lehnte immer sofort ab und meinte,
„wir essen und trinken später am Wohnmobil".
Karl und Frieda freuten sich schon sehr auf das Grillfleisch
und ein kühles Bier dazu, zumal sie den ganzen Tag
noch nichts gegessen oder getrunken hatten.
Am Wohnmobil angekommen stellte Elfriede jedem einen
Teller und eine leer Tasse hin, kein Besteck !
Sie schnitt von dem alten vertrockneten Hefezopf
jedem ein Stück ab und legte es auf den Teller,
dazu schenkte sie alten Kaffee ein,
es gab keinen Zucker oder gar Milch dazu.
Karl schaute Frieda an, sie verstand den Blick von Karls sofort.
Die zwei Paare unterhielten sich noch eine Weile,
um fünf Uhr nachmittags wollte dann Karl aufbrechen,
er meinte, „um die Zeit ist immer so viel Stau
auf der Autobahn, es ist besser wir fahren früher".

Ein paar Minuten später, alleine im BMW,
waren beide so perplex von der Bewirtung,
dass sie kaum noch ein Wort sprachen,
aber als sie das nächste Schild einer Wirtschaft sahen,
kehrten sie ohne Worte ein, Karl bestellte
einen Zwiebelrostbraten mit Spätzle und Soße,
sie ein paniertes Schnitzel ebenso mit Spätzle und Soße,
so wie für beide jeweils einen gemischten Salat.
Dazu je ein großes frisches kühles Bier vom Fass,
das Essen schmeckte wie schon lange nicht mehr.
Anschließend fuhren die zwei Nachhause und unterhielten
sich noch lange über die Bewirtung am Wohnmobil !

Bei Elke und Hugo lief alles seinen gewohnten Gang,
sie waren immer noch verliebt
und genossen das Leben zu zweit,
Elke kam auf ihre Kosten
und ihr Bedarf in Punkt Sex konnte gestillt werden.
Elke hatte inzwischen reichlich Übergewicht,
aus Sicht von Frieda war dies unschön anzuschauen.
Die großen Fettschürzen verteilten sich
schon über den ganzen Körper,
leider auch sehr ungleichmäßig, so wurde der Hintern
immer mehr, aber der Busen blieb nahezu gleich.
Bei ihrer Größe sollte sie eigentlich
maximal sechzig Kilogramm wiegen,
brachte es aber inzwischen
schon auf über einhundert zwanzig Kilogramm,
das war natürlich deutlich zu viel.
Sie wusste das auch und wollte abnehmen,
ging regelmäßig ins Fitnessstudio, kaufte sich ein E-Bike
und versuchte sich gesund zu ernähren.

Da Hugo auch einen runden nach vorne stehenden Kessel hatte
und beide fast jeden Abend auf der Terrasse
ihres Hauses saßen, grillten und Bier tranken,
war es mit dem Abnehmen sehr schwer gestellt.
Zumal Hugo sehr gern Bier trank,
leider auch in erheblich zu großen Mengen.
Hugo hatte gesundheitliche Probleme
und in der Firma war es in seinem Alter auch schon stressig.
Dadurch trank er immer mehr Alkohol,
da ihm klar war das dies auf Dauer nicht gut ist,
er deswegen mit Elke immer wieder Diskussionen
und Streitereien hatte,
entschied er sich in einen Antialkoholiker Verein zu gehen
und es mit dem Alkohol sein zu lassen.

Er wollte auch seine Ehe nicht gefährden,
denn er wusste, dass zu viel Alkohol auf die Dauer nicht nur
sehr gesundheitsschädigend ist,
sondern auch die Potenz des Mannes darunter leidet,
dass wiederum würde ihn von seiner Frau weit entfernen,
da sie als Nymphomanin stets besonders gut
sexuell versorgt werden musste.

Weil Hugo die Situation mit dem Alkohol
alleine nicht Stämmen konnte,
verschrieb ihm sein Hausarzt eine Kur,
dort waren Spezialisten die ihm helfen konnten,
die Finger vom Alkohol zu lassen.
Nach vier Wochen kam er aus seiner Kur erfolgreich zurück,
in das kleine schwäbische Dorf.

Er war stolz uns physisch gestärkt aus der Kur
entlassen worden, auch Elke war stolz auf ihn,
dass er das durchgehalten hatte
und nun auf dem besten Weg zum Antialkoholiker war.
Karl und Frieda besuchten Elke und Hugo ab und zu,
bewunderten Hugo,
dass er das so konsequent ohne Alkohol durchgezogen hatte.
Auch wenn Karl sein Bier mitbrachte,
war es inzwischen kein Problem mehr für ihn,
er und die Frauen tranken Apfelsaftschorle
oder andere antialkoholische Getränke.
Hugo war es vollkommen klar,
einmal Alkohol zu sich genommen,
würde es sofort einen harten Rückschlag geben
und ob er alles noch einmal durchstehen könnte,
bezweifelte er stark. Deshalb war er so eisern
und mied Alkohol wie der Teufel das Weihwasser.

Hugo verwöhnte seine Frau Elke wo es nur ging,
er fuhr sie überall mit dem Auto hin,
bekochte sie und erledigte allerlei Kleinigkeiten.
Beide gingen oft ins Restaurant zum Essen,
fuhren zwei bis dreimal im Jahr in den Allgäu
oder nach Südtirol an den Kalterer See.
Durch ihr Übergewicht war es mit dem Wandern
nicht so einfach, aber sie versuchten ihr bestes und führten
ab und zu sogar eine richtig kleine Wanderung durch.
Da sie kein Stress aufkommen lassen wollten,
übernachteten sie auf der Hin-und Rückfahrt
immer in kleinen Pensionen.
Das war ihr Lebenselixier, gut und viel essen,
Freude am Sex und ein wenig Bewegung.
Natürlich hatte der Sex einen sehr hohen Stellenwert,
aber als Nymphomanin ist das ja selbstverständlich.

Das Leben ging für beide den gewohnten Gang,
ohne dass sich etwas besonderes einstellte.

Elke bekam überraschend einen Anruf von ihrer
Schwiegertochter, diese teilte ihr mit
„ich gratuliere euch, ihr werdet Oma und Opa".
Hugo meinte nur
„was ist mit deiner Lehrstelle als Einzelhandelskauffrau" ?
Die Schwiegertochter antwortete
„meine Lehrstelle habe ich nach sechs Wochen abgebrochen,
weil die Besitzerin des Geschäftes mich nicht
an die Kasse gelassen hat".
Hugo: „das ist doch kein Grund zum Abbruch der Lehrstelle,
die hätte dich bestimmt später an die Kasse gelassen,
damit du das auch lernst".
Die Schwiegertochter war kurz angebunden
und legte dann den Hörer auf, das Gespräch war zu Ende.

Der Zwillingsbruder organisierte den Einzug
seiner Geliebten aus Dresden in sein schönes großes Haus,
im Ortskern des kleinen Dorfes,
natürlich mit ihren vier Kindern.
Kurz vor dem Umzug hatte seine geliebte
wieder einmal eine Fehlgeburt mit einem Kind von ihm.
Das belastete die zwei sehr und beide tranken immer mehr.
Den Traum vom gemeinsamen Kind lebten beide aber weiter.
Der Zwillingsbruder von Otto wollte seine geliebte
heimlich heiraten, es sollte eine Überraschung werden.
Verschob sich aber immer wieder,
bis keiner mehr was davon hörte.

Eines Tages lief Bärbel ganz bedrückt über
den Wendehammer der Straße, Frieda fragte Bärbel was los sei.
Diese antwortete, „mein Ex-Mann Rudi ist
gestern überraschend an Blasenkrebs gestorben
und das drei Monate vor seiner wohl verdienten Rente."
Frieda sprach: „Herzliches Beileid, tut mir leid,
dass er so früh sterben musste, das hat er wirklich
nicht verdient, das ganze Leben umsonst gearbeitet,
ohne einen Euro von der Rente zu sehen.
So ungerecht ist manchmal das Leben".
Bärbel: „vielleicht hat ihn der liebe Gott doch noch bestraft
für sein ausschweifende Leben mit den Frauen,
eine hat ihm ja nicht gereicht, es mussten ja mehrere sein !"
Dann ging Bärbel bedrückt zurück in ihr Haus
und schloss die Tür leise hinter sich.

Karl rief mehrfach bei der Gemeinde des kleinen Ortes an
und bat um Rückschnitt der Ahornbäume,
die in der Sackgasse auf der Straße,
in einer Aussparung im Straßenbereich, wuchsen.
Die Bäume wurden zu groß,
die Äste ragten in den Fahrbahnbereich, usw..
Aber die Gemeinde vertröstete immer nur
und tat absolut nichts, keine einzige Zusage wurde eingehalten.
Im Herbst kürzte Karl mit seinem Nachbarn den Ahornbaum
am Straßenrand des Nachbarn selber,
weil dessen Nachbar seinen Ahornbaum
auch schon mehrfach vor seinem Grundstück geschnitten hatte.
Die fünf Ahornbäume in der kleinen Sackgasse wuchsen
nun schon über zwanzig Jahre auf der Straße,
ohne dass die Gemeinde diese Bäume einmal merklich
gekürzt hätte.

Die Äste wuchsen in die Fahrbahn hinein
und in die Parkbuchten zwischen den Bäumen,
so dass des Nachbars Nachbar sein Wohnmobil
nicht mehr zwischen den Ahornbäumen parken konnte,
unauffällig schnitt er immer wieder Äste ab,
so wurde das abstellen des Wohnmobils vor seinem
Grundstück auf der Parkbucht der Straße wieder möglich.
Karl und sein Nachbar schnitten den Baum sehr kurz,
da dieser nach zwanzig Jahren das erste Mal
geschnitten wurde und fuhren die Holzabfälle gleich
auf den dafür vorgesehenen Abfallplatz der Gemeinde.
Selbstverständlich sahen alle Nachbarn dabei zu,
sogar aus der Parallelstraße schauten die Mitbewohner
neugierig aus ihren Fenstern um die Arbeit zu begutachten.
Als Karl seine Säge dabei kaputt ging,
holte sofort ein gegenüberliegender Nachbar
seine elektrische Säge und reichte diese Karl gern,
mit dem Kommentar:
„Am besten würde man die Bäume ganz unten
quer abschneiden, dann hätten wir mehr Parkfläche
und im Herbst nicht das ganze Laub
und den Samen des Ahorns in den ganzen Gärten verteilt".
Karl antwortete: „wir wollen nur einen starken
Verjüngungsschnitt durchführen,
so dass die großen Äste nicht mehr in den Fahrbahnbereich
der Pkw ragen und unter anderem das Müllauto
auch ungestreift an den Ästen vorbei fahren kann.
Nach getaner Arbeit bestaunten alle das „Kunstwerk",
manch einer meinte „der ist aber kahl geschnitten".
Nach einer Woche fuhr die Dorfpolizei vorbei
und fotografierte die zwei geschnittenen Bäume,
Frieda sah dies zufällig,
als sie aus dem Erker ihres Hauses auf die Straße schaute.

Das konnte nur Ärger bedeuten,
berichtete sie Karl am späten Abend nach der Arbeit.

So war es dann auch, eine Woche darauf kam die Dorfpolizei
und fragte Karl ob er die beiden Bäume geschnitten hätte,
in der Wohnung antwortete Karl
„ich habe die beiden Bäume nicht geschnitten".
Der Polizist, es gibt Zeugen,
die sie gesehen haben und dies dokumentierten.
Die Fragen wurden wiederholt,
Karl gab die gleichen Antworten.

Weil Karl das zu blöd und albern wurde,
sagte er zum Polizisten:
„ich habe die beiden Bäume nicht geschnitten,
aber einen Baum habe ich mit meinem Nachbarn geschnitten
und den zweiten Baum hat des Nachbars Nachbar geschnitten,
weil die Äste dieser Bäume in den Fahrbereich
und den Parkbereich hinein ragen,
so das der Straßenverkehr
und sogar das Müllauto hier nicht mehr fahren können.
Ebenso ist das Parken zwischen den Bäumen
für Wohnmobile nicht mehr möglich gewesen.
Des Weiteren hatte ich mehrfach bei der Gemeinde angerufen
und die Kürzung der Bäume eingefordert.
Leider war die Gemeinde in den letzten zwanzig Jahren
hier untätig, obwohl in der letzten Gemeindezeitung
nochmals extra darauf hingewiesen wurde,
das alle Bäume gekürzt werden müssen,
die den Straßenverkehr behindern.
Deshalb habe ich mit den Nachbarn zusammen
diese Holzarbeit kostenlos durchgeführt,
was hat das nun für Folgen für uns drei Herren,
wie geht es weiter ?"

Der Polizist konnte sich das Schmunzeln nicht ganz verbergen,
er meinte: „ich mache diesen Job in dieser Gemeinde
nur nach Feierabend, in meiner Gemeinde
würde dies nie zu einer Anzeige kommen,
da sich der Vorgang doch als sehr lächerlich darstellt,
zumal die Bäume ja nur fachgerecht gekürzt wurden
um den Straßenverkehr aufrecht zu erhalten
und die Gemeinde dies hier selber vernachlässigt hat.
Was ja eigentlich dessen Pflicht ist,
zumal sie diese telefonisch mehrfach aufgefordert haben.
Ich werde die Informationen weiter leiten
und mich dafür einsetzen, das hier nichts passiert,
zumal dies alles sehr einleuchtend und selbstverständlich ist.
Nur falls die Bäume nächstes Frühjahr nicht mehr austreiben,
weil sie evtl. zu kurz geschnitten wurden,
könnte es sein, dass die drei Parteien
sich an den Kosten des neuen Baumes beteiligen müssen".
Schmunzelnd bedankte sich der Polizist bei Karl
und verließ das Haus um wieder weiter zu fahren.
Vorausschauend sei gesagt,
der Baum wuchs im nächsten Jahr besonders gut,
was die drei Nachbarn doch sichtlich erleichterte.
Von der Gemeinde oder der Polizei
war nichts mehr zu hören oder sehen.

Die Geliebte von Ottos Zwillingsbruder wurde schwanger,
als Otto dies Karl mitteilte, meinte Karl nur,
„ ob das gut ist, bei dem Alkoholkonsum den die beiden haben,
außerdem haben die beiden doch schon genug Kinder
in die Welt gesetzt".
Otto antwortete: „meine zukünftige Schwägerin
wollte ihm unbedingt ein Kind schenken,
weil mein Zwillingsbruder
schon sehr lange ein Kind von ihr haben wollte".

Dann war die kurze Diskussion beendet
und jeder ging wieder seines Weges.

Karl hatte das Gefühl,
dass Elfriede mit Otto immer unzufriedener wurde
und auch Karl und Frieda immer öfters von Elfriede
unverschämt attackiert und beleidigt wurden.
Karl und Frieda ignorieren Elfriede
und ließen sie ins Leere laufen.
Karl fragte mal Otto beim Trollingerabend,
als Elfriede nicht dabei war, ist alles in Ordnung bei euch ?
Otto meinte, „Elfriede ist unzufrieden,
weil sie doch so gern ein Haus haben möchte
und wir immer noch keines gefunden haben,
die sind einfach zu teuer hier im Ländle".
Karl erwiderte „in ihrem Alter ist ein Haus viel zu viel Arbeit
und ihr habt doch eine schöne Wohnung,
warum den Stress mit einem Haus antun,
ich verstehe sie da nicht.
Elfriede wird doch auch nicht jünger
und du kannst auch nicht immer alles alleine machen,
zumal ihr noch das große Stückle im Nachbarort habt".

Ein paar Wochen später gab es Gerüchte über Elke,
dass Otto seine Wohnung verkauft hätte.
Karl meinte zu Frieda: "Die haben bestimmt ein Haus
in der Heimat von Elfriede gekauft.
In Dortmund wo ihre ganze Verwandtschaft lebt,
da wollte sie immer hin und die Häuser kosten dort
nur dreißig Prozent von dem Preis, wie hier üblich.
Der wird doch nicht dorthin ziehen
und seinen guten Job hier aufgeben,
dort verdient er nur einen Bruchteil
von dem was er hier im Ländle erhält.

Und dann noch der Stress mit ihrer Verwandtschaft,
da gab es doch schon mal jahrelang Streit.
Er steht dann ganz allein gegen ihre ganze Sippe,
das kann nicht gut gehen.
Wenn sie mal stirbt,
was ist dann mit dem Haus, das gibt doch nur Ärger.
Er verlässt das Ländle hier im Süden,
dann ist er ganz allein, ohne Wurzeln, ohne Heimat.
Wir stellen die zwei beim nächsten Trollingerabend zu Rede".

Der nächste Trollingerabend kam
und die Frage war unumgänglich.
Karl zu Otto, „es gibt Gerüchte,
das du deine Wohnung hier verkauft hast,
ihr wolltet euch doch nicht etwa ein Haus
in Dortmund kaufen ?"
Elfriede schoss hervor „Ottos Wohnung ist verkauft
und wir haben ein Haus in Aplerbeck gekauft,
Aplerbeck ist ein Teil von Dortmund,
also ganz in der Nähe meiner Verwandtschaft.
Das Haus ist von 1940
und hat eine Wohnfläche von fünfundneunzig Quadratmeter,
der Garten hat zweitausend Quadratmeter
und mir gehört die Hälfte von allem.
Otto hat auch schon eine Arbeit in Aplerbeck gefunden,
er verdient dort eintausend Euro weniger als hier,
der bestehende Arbeitsvertrag hier vor Ort
haben wir fristgerecht in drei Monaten gekündigt.
Außerdem war ich siebzehn Jahre hier im Schwabenland,
jetzt kann Otto auch mal siebzehn Jahre in meiner
Heimat leben, älter werde ich vermutlich sowieso nicht mehr,
bin ja schon fünfundsiebzig".

Karl und Frieda waren leicht verärgert „warum habt ihr uns
nichts erzählt, bevor ihr das alles fest macht" ?
Bevor Otto etwas sagen konnte,
gilfte Elfriede los „das hat sich alles überschlagen,
wir hatten keine Zeit euch etwas mitzuteilen".

Karl fragte Otto später alleine,
„warum hast du das nur gemacht ?
Er teilte ihm alles mit was er Frieda
auch schon an Befürchtungen erzählte.
Zusätzlich meinte er noch,
warum hast du mit deiner Wohnung
die dir zu hundert Prozent gehört, das Haus finanziert
und auch noch Elfriede fünfzig Prozent übertragen ?
Das wirst du noch sehr bereuen, was ist wenn sie stirbt,
sie ist fünfundzwanzig Jahre älter als du,
dann kannst du dich mit ihrer Verwandtschaft
herum ärgern und hast nur Stress.
Otto, du gehörst hier her, hier sind deine Wurzeln
und deinen guten Arbeitsplatz, das geht gar nicht !"
Otto schaute sehr betrübt
und wusste nicht so recht was er sagen sollte,
„Karl du hast ja hundert Prozent Recht,
aber ich hatte in letzter Zeit so viel Stress mit Elfriede,
deshalb habe ich nachgegeben und das alles mitgetragen".
Karl zu Otto „ich glaube das wird dich noch teuer
zu stehen kommen und du wirst das alles sehr bereuen".
Otto schaute wieder sehr unglücklich und ging dann,
ohne ein Wort, wie ein geprügelter Hund nach Hause.

Die Stimmung hellte zwischen Elfriede und Otto wieder auf,
weil durch die Renovierungsarbeiten an den Wochenenden
und mit den genommenen Urlaubstagen die Freizeit
in Aplerbeck verbracht wurde, zumal Elfriede
dadurch ständig ihre Kinder und Enkelkinder sah.
Die Vorfreude war bei ihr extrem hoch,
da sie ja demnächst in das renovierte Haus in Aplerbeck
einziehen werden.

In Wirklichkeit kosteten Otto
die vielen langen Wochenendfahrten
und Renovierungsarbeiten die letzte Kraft,
er war fix und fertig durch diese Mehrfachbelastung,
zumal er alles alleine in dem Haus renovieren musste.
Einerseits weil das Geld für Handwerker nicht reichte
und andererseits, weil die versprochene Hilfe der
Verwandtschaft nur sehr widerwillig bis gar nicht stattfand.
Auch die Feuerwehrfreunde von der Verwandtschaft
wollten unbedingt helfen, beim Wollen blieb es.
Einmal verlegte Ottos Schwiegersohn und seine Frau
den Laminat in einem Kinderzimmer, als Otto dies
am nächsten Wochenende sah bekam er fast einen Herzinfarkt,
der Laminat war so schlampig verlegt,
dass er ihn auf der Stelle wieder entfernte und neu verlegte.
Die Auseinandersetzung mit Elfriedes Kindern
verlief dementsprechend laut und heftig,
zumal Elfriede auch noch ihren Kindern beistand,
obwohl der Murks des verlegten Laminats klar
und deutlich zu erkennen war, auch für den Laien.

Der Umzugstermin rückte immer näher
und Elfriede und Otto gerieten unter echten Stress,
weil die Planung die sie hatten,
nicht eingehalten werden konnte, deshalb beschlossen sie
nur ein komplettes Bad von zwei zu renovieren
und nur das Schlafzimmer, die Küche, die Toilette,
so wie ein Kinderzimmer fertig zu stellen,
der Rest sollte dann nach dem Einzug erledigt werden.
Der Rest war der Flur, ein Kinderzimmer,
das komplette zweite Bad, das Treppenhaus und der Keller.
Das Carport, die Außenfassade des kleinen Hauses,
die Terrasse und die Einfahrt sollten später folgen,
wenn sie sich eingelebt hatten und wieder etwas erholt waren.
Natürlich musste der ganze Garten mit über
zweitausend Quadratmeter noch hergerichtet werden,
weil das Haus die letzten zwei Jahre leer stand
und es dort aussah wie im Urwald.
Bäume waren zu fällen, Unkraut und Sträucher zu entfernen,
die ganze Grasfläche musste komplett erneuert werden,
weil der Vorbesitzer die letzten Jahre
auch nichts mehr in dem Garten gepflegt hatte.
Dann wollten sie neue Obstbäume pflanzen
und einen schönen Grillplatz im Garten anlegen.
Das natürlich alles in Eigenleistung, weil die Kasse knapp war.

Der Plan war, provisorischer Einzug in das Haus,
wobei Elfriede zwei Monate vor Otto einzog,
weil Otto noch warten musste bis das alte Arbeitsverhältnis
mit der Kündigungsfrist ablief.
Die zwei Monate nach Auszug
aus der Eigentumswohnung musste Otto überbrücken,
in dem er bei Freunden in einem Zimmer wohnte,
um von dort aus zur Arbeit zu gehen.

Dann sollte Otto nachkommen,
um mit Elfriede noch eine glückliche Zeit im eigenen Haus,
in Aplerbeck, zu genießen.
Natürlich war der Neuanfang in Aplerbeck
auch mit seiner neuen Arbeitsstelle verbunden,
dort musste er sich in seinem Alter neu beweisen
und von seiner besten Seite zeigen.
Das waren schon große Arbeitspakete
und harte Belastungen für die zwei, ob das alles gut geht !

Otto organisierte den Umzug, LKW, Umzugskartons,
unter anderem fragte er Karl, Frieda
und weitere Freunde und Verwandte um Hilfe
beim Auszug aus der Eigentumswohnung.
Selbstverständlich wollten alle helfen und sagten zu,
Otto hatte schon Angst, das die sich in der Wohnung
gegenseitig auf die Füße treten würden, weil es so viele waren.

Am nächsten Trollingerabend
wurde der Umzug genau besprochen,
Otto meinte „ich baue die Schränke, die Betten, usw.,
vorher schon auseinander,
Elfriede packt zuvor das Geschirr, die Töpfe
und die Kleidung in die Umzugskartons,
dann brauchen wir höchstens noch zwei Stunden
um den großen Miet-LKW zu beladen.
Wenn wir am Samstag um sieben Uhr anfangen,
dann kann ich um spätestens neun Uhr
nach Aplerbeck abfahren.
Dann reicht es mir noch bequem bei Tageslicht anzukommen
und den LKW mit den Feuerwehrkameraden
und der Verwandtschaft von Elfriede auszuladen.

Elfriede war ganz entzückt von dem tollen Plan und ergänzte:
"die Feuerwehrkameraden wollen dann abends
auch noch mit allen grillen und ein paar Bier trinken,
meine Verwandtschaft organisiert das Grillgut und das Bier.
Ich habe vorab schon alles bezahlt,
das wird ein richtig guter Start für Otto in unser neues Haus".
Otto ergänzte: „nachts fahre ich dann die
fünfhundert Kilometer zurück und stelle den Miet-LKW
beim Vermieter ab, dann muss ich nur für den Samstag
die Miete bezahlen, super oder !".
Karl widersprach Otto und Elfriede, „ ich kann mir nicht
vorstellen, dass dies alles so schnell von statten gehen kann,
der LKW ist aus meiner Sicht nie so schnell beladen
und auch das Ausladen vor Ort in Aplerbeck
wird bestimmt nicht in zwei Stunden erledigt sein.
Nach dem Grillen und dem Bier solltest du schlafen
und nicht über Nacht die Strecke wieder zurück fahren,
du bist doch total übermüdet,
das scheint mir mit deinem Zeitplan nicht zu funktionieren.
Ist auch viel zu gefährlich auf der Autobahn,
nicht dass du noch einschläfst, das lohnt sich alles nicht,
nur um ein paar Euro für den Miet-LKW zu sparen".
Otto antwortete leicht gereizt,
„du kennst mich doch, ich bin schnell,
vermutlich klappt alles noch viel besser
und nachts auf der Autobahn, das schaffe ich mit links,
kenne doch die Strecke auswendig,
da brauch ich keine fünf Stunden, ist doch kein Verkehr".
Karl konterte, „warten wir es ab,
ich kann mir deinen knappen Zeitplan nicht vorstellen.
Soll ich dir beim auseinanderbauen der Möbel helfen,
damit das sicher zum Umzug klappt ?"
Otto: „Nein danke, ist nicht nötig,
kein Problem, das kriege ich locker alleine hin".

Damit war dann das Gespräch zum Thema Umzug beendet,
entspannt wurde anschließend über Gott und die Welt geredet,
dazu ein paar Käsfüssle gegessen
und ein paar viertele Trollinger Lemberger Wein getrunken.
Elfriede war an diesem Abend bei bester Laune,
Otto fühlte sich als „Macher" in seinem Element
und freute sich auf die Arbeit.
Diesmal wurde es besonders spät bis sich die Freunde
voneinander verabschiedeten und sich trennten.

Der Samstag kam, pünktlich stand Karl und Frieda
zum Einladen der Gegenstände vor der
Eigentumswohnung von Otto und Elfriede.
Der Lkw stand auch schon bereit,
Karl sah aber sonst niemand, deshalb fragte er Otto: „wo sind
denn die ganzen freiwilligen Helfer, die dir zugesagt hatten ?"
Otto: „wir sind vollständig,
habe noch zwei Männer über eine Agentur bestellt,
die kommen in einer Stunde".
Karl fragte: „das ist jetzt aber ein Scherz, oder ?"

Otto: „die haben uns alle versetzt,
deshalb habe ich über eine Agentur zwei Männer,
für eineinhalb Stunden, gemietet."
Karl lief in die Wohnung,
um die ersten Gegenstände einzuladen,
dort sah er Elfriede total erschöpft,
in der Küche, auf dem Fußboden sitzen.
Karl fragte Elfriede: „was ist mit dir los,
du siehst seht erschöpft und mitgenommen aus ?"
Elfriede antwortete im leisen, gequältem und undeutlichen Ton:
„mir geht es auch nicht gut,
ich bin total erschöpft, mir ist das alles zu viel".

Die Tränen liefen über ihr aschfahles Gesicht,
Karl hatte Angst, dass sie jeden Moment
zusammenbrechen würde
und der Umzug nicht nach Aplerbeck,
sondern in das nächste Krankenhaus
oder gar auf den Friedhof geht.
Karl reagierte sofort:
„Elfriede du fährst jetzt sofort mit Frieda in unser Dorf
und legst dich auf unser Wohnzimmersofa
unter eine warme Decke und trinkst einen heißen Tee.
Frieda fährt dich und dann erholst du dich erst einmal,
das hier ist alles zu viel für dich."
Karl half Elfriede auf die Beine und brachte sie ins Auto,
Frieda kümmerte sich um die Fahrt
und versorgte Elfriede in Karls Wohnung, wie besprochen.
Elfriede blieb den ganzen Tag
und die Nacht in Karls Haus und wurde liebevoll versorgt,
sie brauchte dringend Erholung,
es war in den letzten Wochen alles zu viel für sie.
Ausgeschlafen und nach einem kräftigen Frühstück
fuhr Elfriede am nächsten Tag mit dem Schäferhund Bell,
so wie einem vollgeladenen Pkw, nach Aplerbeck.
Karl hatte immer noch den Eindruck das sie nicht wirklich
fit ist und fragte Elfriede beim Frühstück,
„willst du nicht doch noch einen Tag
und eine Nacht bei uns bleiben, damit du dich richtig
ausruhen kannst und fährst dann erst nach Aplerbeck.
Ich habe Angst, dass die fünfhundert Kilometer
im Moment zu anstrengend für dich sind".
Elfriede meinte, „nach dem guten Frühstück
und dem starken Kaffee wird es schon gehen".

Sie bedankte sich noch für die herausragende Gastfreundschaft
bei Karl und Frieda, umarmten sich alle ein letztes Mal
und dann ging es wie gesagt mit dem voll beladenem Auto los.

Parallel ging es am Samstag auf der Umzugsbaustelle weiter,
ein großer Teil der Möbel musste noch auseinander
gebaut werden, das Geschirr, die Töpfe und die Kleidung
wurden in die Umzugskartons gepackt,
bevor alles verladen werden konnte.
Die zwei Männer von der Agentur kamen pünktlich,
gingen aber auch exakt nach der vereinbarten Zeit.
Um drei Uhr nachmittags, ohne Vesper und Mittagessen,
war alles akkurat verladen.
Alle Teilnehmer waren ziemlich ausgepowert,
Otto ließ es sich nicht ausreden
und fuhr mit dem LKW direkt nach Aplerbeck.

In Aplerbeck war von der engsten Verwandtschaft
keiner zu sehen, um beim Ausladen zu helfen.
Nur die Feuerwehr und ein Enkel half noch hastig
und schlampig um die Möbel auszuladen, dabei ging
vieles kaputt, den Rest trug Otto ganz allein in das Haus.
Um Mitternacht wurde noch der Grill angeworfen
und das bereit gestellte Bier getrunken,
es blieb nichts übrig, obwohl die engste Verwandtschaft
beim Verzehr nicht dabei war.
Total erschöpft fuhr Otto um drei Uhr
in der Früh mit dem LKW zurück nach Süddeutschland,
in sein schwäbisches Heimatdorf.
Unterwegs war er so erschöpft und müde,
dass er an einer Raststätte anhalten musste
und hinten auf der Pritsche des LKW ein paar Stunden schlief.

Total übermüdet kam er am Sonntagnachmittags
um drei Uhr bei der LKW Mietfirma an,
reinigte den LKW grob und gab den Mietwagen
mit allen zugehörigen Unterlagen zurück.
Natürlich musste er den LKW für den Sonntag auch bezahlen.

Nach einer Woche rief Elfriede bei Karl und Frieda an,
sie war total fertig und erschöpft von den letzten Wochen,
sie wusste nicht mehr wo ihr der Kopf stand,
mit was sie zuerst anfangen sollte,
alles stand voll im Haus und nichts konnte aufgeräumt werden,
weil die meisten Schränke nicht aufgebaut waren.

Sie lebte in einem totalen Chaos,
es gab keine Ordnung, nur die Küche war fast fertig
und das Geschirr konnte wenigstens hier eingeräumt werden.
Bell war nervös, weil alles neu war,
aber das legte sich nach ein paar Tagen.
Nichts funktionierte in dem Haus richtig,
sie fühlte sich wie auf einer Baustelle,
der Garten war eine Katastrophe, ganz allein stand sie da,
weil ihre Verwandtschaft
unter der Woche auch keine Zeit für sie hatte.
Aber das schlimmste war,
das Otto sich seit dem Umzug so gut wie nicht gemeldet hatte,
die letzten vier Tage war absolute Funkstille,
er ging nicht mehr ans Telefon, wenn Elfriede anrief.
Sie fragte nach bei Karl und Frieda,
„ob irgendetwas passiert sei, Krankheit, Unfall, usw.."
Frieda: „er wohnt in dem gemieteten Zimmer
und alles sei so wie geplant,
von einer Krankheit oder gar einen Unfall wüsste sie nichts".
Elfriede jammerte noch lange am Telefon,
aber Karl und Frieda wussten auch nichts neues.

Dann wurde Elfriede zornig und meinte,
„der hat doch wohl inzwischen nichts angefangen,
mit der, die unbedingt Sex bräuchte,
die im Gesangsverein ihn mal deshalb angehimmelt hatte.
Die lange, dürre Bohnenstange ohne Arsch und Titten.
Aber Otto steht ja auf Frauen mit großen Brüsten,
so wie ich sie habe.
Aber wer weiß, in der Not frisst der Teufel Fliegen".
Da Frieda ihr nicht weiter helfen konnte,
gab es noch ein paar beruhigende Worte
und dann wurde das Gespräch beendet.

Am nächsten Trollingerabend lud Otto, Karl und Frieda
zum Pizza Essen in das Nachbardorf ein,
Otto war ganz aufgelöst und strahlte über das ganze Gesicht,
er sprach wie ein Wasserfall.
Das war total ungewöhnlich für ihn,
da er doch eigentlich ein sehr ruhiger
und schweigsamer Mensch ist.
Otto ging kurz auf die Toilette,
in der Zeit meinte Karl zu Frieda, „der ist doch total verliebt,
der hat sich bestimmt eine neue angelacht,
was anderes ist in dem Zustand nicht möglich.
Bestimmt ist es die, die im Gesangsverein
unbedingt Sex brauchte, der hat mit der schon geschlafen" !
Frieda sprach erschrocken: „das geht doch nicht so schnell,
außerdem hat er noch Elfriede in Aplerbeck".
Karl: „Otto ist ein Macher, kein Denker,
der ist so was von verliebt, was anderes ist nicht möglich.
Du wirst sehen der hat die Frau schon vernascht".
Otto kam zurück von der Toilette und sofort kamen
die lecker aussehenden Pizzen, vom Ober, auf den Tisch.
Selbst während dem Essen konnte Otto
mit dem verliebten Grinsen nicht mehr aufhören.

Nach dem Essen ließ Otto die Katze aus dem Sack:
„ich hatte eine Eingebung von oben,
die lautete wie folgt: Gehe nicht nach Aplerbeck
und behalte deinen Job hier vor Ort.
Das habe ich dann auch gleich umgesetzt
und meine Kündigung in der Firma aufgehoben,
glücklicherweise stimmte die Firma sofort zu
und zog die Kündigung zurück.
Vor ein paar Tagen ging ich zum Gesangsverein,
wo ich ja auch Dirigent bin
und verliebte mich auf Anhieb in Petra, das ist die Frau
die mal zu mir sagte, sie bräuchte dringend Sex.
Wir hatten schon den ersten Sex miteinander
und der war so was von Klasse, ich kann euch sagen !
Sie ist groß, dünn und flach, trägt braunes
mittellanges glattes Haar und ist zehn Jahre jünger als ich.
Ihre zwei Kinder, zehn und zwölf Jahre alte Mädchen,
sind sehr umgänglich.
Petra ist ein Ökotyp
und legt viel Wert auf gesunde Ernährung".
Jetzt ist es raus und Otto strahlte noch mehr,
was eigentlich kaum möglich war.
Karl und Frieda meinten: „hast du dir das auch gut überlegt,
oder ist das eine undurchdachte Blitz Reaktion.
Denk lieber noch mal nach, du zerstörst
damit Elfriedes restliches Leben, ist dir das bewusst !
Die Art wie du die Trennung
vollziehen willst ist extrem gemein und unfair.
Du hättest das hier vor Ort offen und ehrlich machen sollen,
dann hätte Elfriede es sich in einer kleinen
Zweizimmerwohnung gemütlich machen können
und der ganze Stress mit dem Haus in Aplerbeck, usw.
wäre nicht gewesen".

Otto beteuerte nochmals, das er total verliebt ist
und er weiß das das Vorgehen sehr gemein ist,
aber er könne nicht anders vorgehen,
zumal er vermutete bei einer Trennung vor Ort wäre
die Situation mit Elfriede eskaliert und sie hätte ihn gestalkt,
wo es nur ging.
Aus dem Grund ist die räumliche Trennung gut.
Wie schon gesagt hatte ich eine Eingebung von oben,
ich weiß das klingt lächerlich,
zumal ich nicht in der Kirche bin,
aber so war es, klar, deutlich und unmissverständlich".
Karl fragte,
„was machst du mit dem halben Haus, das Elfriede gehört?
Das treibt dich in den finanziellen Ruin,
du wirst das Geld nie mehr wieder sehen,
oder nur einen ganz kleinen Teil.
Was ist mit deinem Wohnmobil
und all deinen Sachen die noch in Aplerbeck sind „?
Otto meinte leichtgläubig,
„das hole ich mir alles zurück, schließlich gehört es ja mir".
Karl antwortete kritisch, „ du glaubst doch nicht im Ernst,
dass du so einfach alles holen kannst, die ganze
Verwandtschaft
ist zornig auf dich, wenn sie das alles erfährt,
sie werden dir Steine in den Weg legen,
wo es nur geht, du stehst da oben ganz allein".
Otto, „das kriege ich hin, aber bitte absolut kein Ton
zu Elfriede zum Thema Petra, bitte versprecht mir das".
Frieda und Karl versprachen ihm,
sich nicht einzumischen und das Thema nicht anzusprechen.
Nach vielen weiteren Diskussionen und Gesprächen
trennten sich die Freunde aus der Pizzeria.

Karl und Frieda diskutierten noch lange, nach dem Essen,
in ihrem Haus über das Thema Otto,
Elfriede und Petra die neue Liebhaberin.
Für beide war es nicht in Ordnung,
wie Otto sich so verhalten konnte, zumal Otto und Elfriede
alles gemeinsam so akkurat geplant hatten
und alles schon fest geregelt war.
In so kurzer Zeit sich in eine andere Frau zu verlieben
und auch noch gleich Sex mit ihr zu haben,
was war das für eine Frau, war die wirklich
so ausgehungert nach Sex, oder was war da los ?
War das nicht nur eine Torschlusspanik von Otto
und die Eingebung, das hört sich ja unheimlich an.
Wie kann er nur so herzlos sein und Elfriede so
„im Regen" stehen lassen, die Frau wird daran zerbrechen.
Wie verhalten wir uns gegenüber Elfriede,
sie ist unsere Freundin, was sollen wir bloß sagen.
Beide erinnerten sich an das Versprechen gegenüber Otto,
so vereinbarten sie, sich daran zu halten.
Karl und Elfriede fanden in dieser Nacht keinen guten Schlaf,
sie kämpften mit ihren Gefühlen.
Auch am nächsten Tag war das Thema wieder Gesprächsstoff.

Elfriede meldete sich immer wieder telefonisch
bei Karl und Frieda,
selbstverständlich riefen die beiden auch Elfriede an,
zumal sie eine extrem schwere Zeit mit ihren Gefühlen
und der neuen Umgebung durchlebte.
Otto meldete sich nicht und wechselte die Handynummer.
Elfriede war verzweifelt
und wusste sich keinen Rat, vermutete aber schon das Richtige.
Karl und Frieda hielten ihr Versprechen ein
und sie verloren kein Wort über seine neue Liebe „Petra".

Karl und Elfriede verreisten mit ihrem
langjährigen Freund Lars wieder einmal in den Urlaub,
diesmal war es eine Pauschalreise nach Russland,
es ging mit dem Flusskreuzfahrtschiff
von St. Petersburg bis nach Moskau.
Inkludiert war die An-und Abreise,
einem Flug mit der Lufthansa,
so wie ein paar sehr schöne Ausflüge vor Ort.
Die Reise war ein voller Erfolg, alle waren von dem Land
und auch den Städten St. Petersburg und Moskau begeistert.
Das Zeitfenster der Reise war sehr großzügig, so waren die drei
jeweils drei volle Tage in den zwei ganz großen Städten.
Das Land und die Menschen zeigten sich
von der schönsten Seite, viel besser als es die Medien
in den westlichen Ländern gern verbreiten.
Natürlich war den dreien klar, dass sie die kultivierteste
und beste Gegend des Landen besuchten.
Karl und Frieda wurden durch die Reise,
vor allem aber durch ihren Freund Lars,
von den dramatischen Ereignissen Zuhause gut abgelenkt.
Die drei beschlossen,
dieses tolle Land auf jeden Fall nochmals zu besuchen.

Zuhause ging das Drama mit Otto und Elfriede weiter,
Otto teilte ihr inzwischen mit,
dass er eine neue Liebhaberin, namens „Petra" hatte
und er seine Arbeit hier weiter behält
und nicht nach Aplerbeck zieht.
Die Arbeitsstelle in Aplerbeck
habe er inzwischen auch schon gekündigt.
Da brach Elfriedes Weltbild komplett zusammen,
sie warf ihm vor, das alles gemeinsam beschlossen war
nach Aplerbeck zu ziehen, er einverstanden war
und aus freier Entscheidung alles mitgetragen hatte.

Sie kauften doch dort ihr gemeinsames
Traumhaus in Aplerbeck und alles war so klar und eindeutig.
Elfriede meinte auch zu Otto, „komm zu mir zurück,
das mit Petra ist doch nur eine kurze Liebelei,
das geht vorbei, wir sind doch siebzehn Jahre zusammen,
das kannst du doch nicht so einfach wegwerfen.
Wir lieben uns doch,
das haben wir doch schon so oft bewiesen.
Wir gehören zusammen, das kannst du doch nicht machen,
in den wenigen Tagen
verliebt man sich nicht einfach so in eine neue Frau.
Ich flehe dich an, komm zurück zu mir, vergiss Petra.
Die ist doch flach wie ein Brett
und du stehst doch auf großen Busen, auf meinen Busen.
Wir hatten doch so tollen Sex miteinander,
ist das alles nichts mehr wert ?
Du konntest dich immer auf mich verlassen,
ich habe deinen Haushalt geführt, dich verwöhnt,
gut manchmal gab es auch mal Streit,
aber nur weil wir uns immer noch lieben.
Las die Petra sausen
und komm zurück, ich flehe dich nochmals an,
ich konnte mich doch nicht siebzehn Jahr so in dir
getäuscht haben, das mit uns ist doch wahre Liebe.
Ich verzeihe dir den einmaligen Seitensprung,
lass uns über alles in Aplerbeck reden, komm zu mir".
Otto antwortete deprimiert,
" ich komme nach Aplerbeck und dann reden wir über alles".
Elfriede sprach verzweifelt unter Tränen zu ihm:
„bitte komm möglichst bald zu mir, damit wir alles klären.
Du weißt, ich liebe dich von ganzem Herzen
und will das du wieder zu mir findest.

Wir werden uns hier ein schönes Leben in Aplerbeck machen,
in unserem Traumhaus,
das wir so lange gesucht hatten und endlich hier fanden.
Ich erwarte dich sehnsüchtig,
du fehlst mir so sehr, bitte komm schnell,
so dass wir uns wieder in die Arme nehmen können
und weiterhin unsern Spaß am Sex haben. Ich verzeihe dir
den Seitensprung mit Petra, aber lass uns dort weitermachen,
wo wir in unserer Eigentumswohnung aufgehört hatten,
wir lieben uns doch.
Ich war siebzehn Jahre glücklich mit dir,
ich möchte hier in Aplerbeck in unserem Traumhaus
weiter mit dir gemeinsam alt werden und das Leben genießen.
Lass uns hier neu starten,
ich warte auf dich und du weist ich liebe dich.
Unser gemeinsamer Hund Bell vermisst dich auch sehr".
Otto gab nur eine kurze Antwort:
„ich komme nach Aplerbeck und dann reden wir über alles".
Er legte schnell den Hörer auf das Telefon,
damit er sich nicht noch mehr von Elfriede anhören musste,
denn innerlich war ihm auch klar,
dass das was er angerichtet hatte nicht in Ordnung war.
Er kämpfte immer wieder mit seinem schlechten Gewissen,
aber er war jetzt in Petra verliebt
und das war für ihn das allerwichtigste.

Das Leben ging für Otto
in seiner kleinen Einzimmerwohnung weiter,
er telefonierte nicht mehr mit Elfriede
und stellte seine monatlichen Zahlungen, u.a. für Strom,
Wasser, usw. für das Haus in Aplerbeck ein.
Das Leben ging für ihn in seinen Verliebtheit weiter,
denn nun war nur noch Petra wichtig für ihn.

In den nächsten vier Wochen hatte Otto
über zehn Kilogramm abgenommen,
er war kaum noch wieder zu erkennen,
aber die Gewichtsabnahme stand ihm gut, denn
er hatte zuvor deutlich zu viel Gewicht auf die Waage gebracht.
Petra lebt sehr gesund
und dazu zählte auch die Nahrungsaufnahme,
da hat sich Otto angepasst, deshalb konnte er so einfach
und schnell das Gewicht reduzieren.

Nun konnten Karl und Frieda
auch wieder offen mit dem Thema „Petra" umgehen,
weil Elfriede ihnen alles am Telefon erzählt hatte,
sie hoffte das er zurück kommt.
Trotzdem waren die Telefonate immer sehr traurig,
weil Elfriede sich nicht sicher war
und ihr der Zustand mit Otto schwer zu schaffen machte.
Jedes Mal verliefen die Gespräche unter Tränen
und einem sehr depressivem verhalten,
dies war auch kein Wunder unter diesen Umständen,
denn ihre Liebe zu Otto war ehrlich.

Anfang Februar meldete sich Otto
zu einem Besuch bei Elfriede an, er wollte
sie an ihrem Geburtstag besuchen
und auch Kleidungsstücke, usw. mitnehmen.
Sie freute sich auf den Besuch
und hoffte das Ruder wieder herum zu reißen,
sie wollte alles geben, damit das Leben
wieder für die Beiden eine gemeinsame Zukunft hat.

Er fuhr nach Aplerbeck
und kam mit seinem Pkw um acht Uhr abends an,
sah dann aber die vielen Autos der Verwandten
vor dem Haus stehen,
deshalb fuhr er weiter und parkte in einer anderen Nebenstraße.
Nachdem alle, um ein Uhr nachts,
die Geburtstagsfeier verließen, fand er den Mut sich dem Haus
zu nähern und öffnete die Haustür mit seinem Zweitschlüssel.
Sofort sprang Bell ihm entgegen
und freute sich auf ein Wiedersehen.
Elfriede lief zur Tür und freute sich ebenfalls Otto zu sehen,
wollte ihn zur Begrüßung einen Kuss geben,
er jedoch dreht sich weg und verweigerte ihr den Kuss.
Dann ging sofort die Streiterei los,
eins ergab das andere, Otto sprach fast nichts.
Er packte sein Kleidung in das Auto
und wollte schon wieder zurück fahren.

Elfriede meinte zu ihm, „das ist doch viel zu gefährlich,
bleib doch wenigstens die Nacht.
Morgen früh bist du ausgeschlafen
und kannst dann ausgeruht zurück fahren".
Otto: „gern, aber ich schlafe im Wohnzimmer
auf dem Sofa und zwar alleine"
Elfriede: „gut, dann beziehe ich das Sofa für dich"
Nachdem das Sofa schweigend von Elfriede bezogen wurde,
legte sich Otto, nur mit seiner Unterhose bekleidet,
zum Schlafen dort hin und deckte sich,
mit der zur Verfügung gestellten Bettdecke, zu.
Nachdem Elfriede sich ins Schlafzimmer begeben hatte
und alle Lichter aus waren, fand er schnell einen tiefen Schlaf,
zumal er von der anstrengenden Fahrt, dem Warten
in dem kalten Auto und dem Streiten mit Elfriede
noch ganz erschöpft war.

Er schlief tief und fest, träumte von seiner Petra,
die im Traum seinen Penis streichelte,
er stöhnte leicht und war sehr glücklich dabei,
nach dem ganzen Stress etwas angenehmes zu träumen.
Dann träumte er wie sich fest ihr Mund um sein Glied schob
und es mit der Zunge verwöhnt wurde.
Er genoss es und träumte weiter von seiner Petra,
im Traum sagte er leise „oh Petra, du bist so geil".
Dann hörte er noch halb im Traum,
„das ist nicht Petra, das bin ich, deine geliebte Elfriede".
Schlagartig wachte Otto auf
und sah im halbdunklen, wie Elfriede ihn verwöhnte.
Sie trug dabei nur rote fast durchsichtige Dessous.
Otto schrie sie noch im Halbschlaf an:
„bist du verrückt, es ist Schluss mit uns,
ich mach doch kein Sex mit dir, ich glaub du spinnst voll ganz"
Elfriede versuchte so erotisch wie möglich zu reagieren
und meinte: „lass mich doch machen,
du wirst sehen ich bin viel besser als Petra.
Komm wir gehen ins Schlafzimmer,
dort haben wir mehr Platz
und ich kann dich so richtig verwöhnen".
Elfriede beugte sich wieder rasch zu seinem Penis
und versuchte ihn weiter zu bearbeiten.
Otto schrie sie erneut an,
„ lass das sein, ich bin in Petra verliebt, hör auf damit".
Elfriede arbeitet einfach weiter
und reagierte nicht auf sein Geschrei,
sie spekulierte darauf, dass er schon nachgeben würde,
wenn es für ihn vor Geilheit kein Zurück mehr gab.
Sie kannte sein sexuelles Verhalten ja schließlich
seit über siebzehn Jahren und wusste wie er reagierte.

Sie wollte ihn so wieder für sich zurück gewinnen,
das war ihr Plan, denn sie wusste über Sex
geht bei den meisten Männern fast alles.
Otto wurde immer ungehaltener,
zog seinen Penis aus ihrem Mund und zog sich rasch zurück,
dabei hielt er sie an ihren Haaren fest,
weil sie einfach weiter machen wollte.
Schließlich befreite er sich von ihr
und sprang vom Sofa und schlüpfte rasch in seine Unterhose.
Er schrie sie abermals an,
während er sich eilig im halbdunklen anzog:
„lass mich in Ruhe, wir sich nicht mehr zusammen,
akzeptiere das einfach, ich liebe Petra und nicht mehr dich.
Das hat doch alles keinen Sinn was du hier treibst.
Mir reicht es jetzt, ich fahr jetzt nach Hause,
weil du lässt mich ja doch nicht in Ruhe".
Daraufhin schrie Elfriede verzweifelt
in ihren erotischen Dessous halbnackt zurück:
"bleib doch bei mir, ich liebe dich und werde es dir beweisen,
vergiss doch Petra, die hat ja nicht mal einen Busen."
Elfriede sprang auf Otto zu
und wollte ihn umarmen und zum Sex zwingen.
Otto riss sie von sich und schleuderte sie auf den Fußboden,
dabei verletzte sich Elfriede am Ellenbogen
und der Hand, sofort entstanden mehrere Blutergüsse.
Elfriede stand schnell auf und versuchte,
unabhängig von den Schmerzen, nochmals Otto zu umarmen.
Der wiederum wollte sie wieder von sich stoßen,
es klappte aber nicht
und so kam es zu einem harten Handgemenge,
dabei schlugen beide unkontrolliert um sich.
Otto bekam die Oberhand
und befreite sich letztendlich aus der Auseinandersetzung,
da er Elfriede natürlich körperlich deutlich überlegen war.

Er rannte zur Tür, schnappte seine Schuhe im Treppenhaus,
öffnete die Haustür und rannte zum Auto.
In der Zeit, die er im dunklen zum aufschließen
des Autos benötigte, holte ihn Elfriede wieder ein.
Sie versuchte sich abermals um ihn zu klammern
und schrie ihn verzweifelt und heulend an:
„das kannst du mir doch nicht antun, unsere Liebe
mit Füßen zu treten und mich hier allein zurück lassen.
Ich liebe dich doch. Du kannst doch nicht einfach siebzehn
Jahre aus unserem Leben wegwerfen."
Otto antwortete nicht, er stieß sie abermals von sich,
dabei fiel sie mitten auf der Auffahrt des Hauses.
Abermals zog sie sich hässliche Schürfungen
und Blutergüsse zu.
Otto stieg schnell ins Auto, startete und fuhr los,
er wollte nur noch weg von diesem Ort.
Elfriede saß heulend in ihren zerrissenen Dessous
auf der Auffahrt und schrie ihm klagend und heulend nach:
„das kannst du doch nicht machen".
Danach brach sie komplett zusammen und lag
für ein paar Minuten bewegungslos in der dunklen Nacht,
auf der Auffahrt vor ihrem Haus.

Am nächsten Tag klingelte das Telefon bei Karl und Frieda,
Elfriede meldete sich total aufgelöst
und erzählte den Vorgang der letzten Nacht und auch,
dass Otto ihr nicht einmal zum Geburtstag gratuliert hat,
obwohl er vor Ort war.
Sie teilte mit, dass sie beim Arzt war
und alle Verletzungen genau dokumentiert wurden,
sowohl in Wort und Schrift, als auch mit vielen Beweisfotos.
Danach ging sie zur Polizei
und zeigte Otto wegen „häuslicher Gewalt" an.

Sie verbot Karl und Frieda mit Otto oder Petra zu reden
oder sie gar zu treffen, totale Kontaktsperre.
Anschließend wollte sie,
dass Karl das halbe Haus von Otto abkauft und ihr überlässt.
Nach dem Karl und Frieda ihr mitteilten,
dass ein halbes Haus auf eine Entfernung von fünfhundert
Kilometer keinen Sinn macht, dass dies nur Ärger gibt
und außerdem wollen sie sich nicht in den Trennungskrieg
von Elfriede und Otto einmischen, dazu meinte Elfriede nur:
„so ist das wenn man mal Freunde braucht,
dann ist man verlassen, nur Hunde sind treu".

Selbstverständlich kam Otto zum Trollingerabend,
aber meistens alleine,
nur einmal hat er seine Petra kurz mitgebracht und vorgestellt,
ein zweites Mal traf man sich in der Pizzeria im Nachbarort.
Petra wollte Karl und Frieda zu sich nach Hause einladen,
um diese besser kennenzulernen.

Elfriede telefonierte häufig mit Karl und Frieda,
sie wusste immer über alles Bescheid,
ihre „Spione" vor Ort im Süden leisteten ganze Arbeit.
Sie wusste in der Regel immer mehr als Karl und Frieda,
obwohl die vor Ort waren.
Elfriede war mit den Nerven so was von am Ende,
das sie zeitweise unter Tränen und schwerstem Gejammer
immer wieder auch vom Selbstmord redete.
Natürlich trösteten Karl und Frieda sie ständig
und versuchten sie aufzumuntern,
dies gelang jedoch nicht immer, denn der Schmerz
über die Trennung war zu groß und sie litt extrem.

Karl und Frieda versuchten sie
immer und immer wieder auf andere Gedanken zu bringen,
sendeten Fotos vom Urlaub usw., aber das alles entscheidende
Thema war Otto und das Haus in Aplerbeck.

Karl und Frieda unternahmen
wieder mal eine Kreuzfahrt von sechsundzwanzig Tagen,
diesmal ging es mit dem Flugzeug nach Miami,
nach ein paar Tagen Hotelaufenthalt auf das Kreuzfahrtschiff,
drei Tage Aufenthalt in New York City,
anschließend auf die Bermudainseln,
zu den Azoren über den Atlantischen Ozean,
mit zwei ganzen Tagen Aufenthalt vor Ort.
Die Route verlief weiter nach Madeira über Lissabon
ins Mittelmeer, zur Besichtigung von Malaga
und Valencia in Spanien, letzte Station war Barcelona,
bevor die Schiffsreise in Genua endete und es mit dem
Flugzeug wieder in die schwäbische Heimat zurück ging.
Selbstverständlich war der gemeinsame Freund Lars
auf der Reise mit von der Partie.
Es war eine sehr schöne und abwechslungsreiche Reise,
die für sehr viel Ablenkung sorgte.
So hatten Karl und Frieda den Kopf wieder frei
von dem ganzen Rummel in ihrem Dorf, in ihrer Straße.

Kaum zurück, gab es schon die ersten Neuigkeiten,
Otto wohnte schon seit drei Wochen
in der vier Zimmer Wohnung von Petra
und vertrug sich hervorragend mit ihr und ihren zwei Töchtern,
selbstverständlich wusste Elfriede das nicht,
dachte Otto und Petra.
Aber sie kannten die „Spione" von Elfriede nicht,
die hatten das alles schon ermittelt und weiter geleitet.

Inzwischen wurden die Anwälte beider Parteien,
von Otto und Elfriede eingeschaltet.
Jeder beschuldigte jeden, alle wollten das Geld vom anderen,
es hagelte Anzeigen wegen häuslicher Gewalt,
wegen Körperverletzung,
Elfriede meldete Besitz auf das Wohnmobil,
obwohl Otto dies kaufte und so ging es gerade weiter.

Anfang März holte sich Otto ein rotes Nummernschild,
von seinem Autohändler des Vertrauens,
für den Rücktransport des Wohnmobils
von Aplerbeck in die schwäbische Heimat,
denn das relativ neue Wohnmobil
hatte nur eine Saisonzulassung von April bis Oktober.
Otto fuhr mit dem Zug nach Aplerbeck
und wollte nachts das Wohnmobil
mit dem roten Nummernschild zurück transportieren,
selbstverständlich sollte das eine Überraschungsaktion werden
und er teilte Elfriede dazu nichts mit.
Elfriede war sich sicher, dass er das Wohnmobil
noch nicht holen konnte, weil noch keine Saison war.
So kam er um elf Uhr nachts in Aplerbeck an
und lief zu dem Haus, das ihm zu fünfzig Prozent gehört,
dort stand das Wohnmobil,
er nahm den Schlüssel und wollte die Tür öffnen.
Der Schlüssel passte zwar, die zwei Türen
waren innen aber mit Spanngurten gegeneinander verriegelt,
so konnte er zwar die Tür aufschließen,
aber nicht in das Wohnmobil einsteigen.
Daraufhin öffnete er ganz leise die Tür des Stauraum
und kletterte in diese hinein,
schloss vorsichtig die Stauraumtür von innen
und baute die geschraubte Zwischenwand zwischen Stauraum
und dem Innenraum mit seinem Universaltaschenmesser ab.

Nachdem die Schrauben alle demontiert waren,
konnte er die Zwischenwand zur Seite legen
und in das Wohnmobil kriechen.
Er schnitt die Spanngurte durch,
die die Türen des Wohnmobils von innen verriegelten,
so konnte er wieder über die beiden Türen aus und einsteigen.
Jetzt war es fast geschafft,
er musste nur noch den voll beladenen Einachsanhänger,
der quer vor dem Wohnmobil stand,
zur Seite schieben, dann konnte er weg fahren.
Nach ein paar Querstraßen wollte er das rote Nummernschild
montieren und nachhause fahren.
Der Einachsanhänger ging sehr schwer zu schieben
und beim ersten Versuch, verursachten runter fallende Bleche
einen riesigen Lärm, da war klar,
Elfriede hatte eine zusätzliche Falle eingebaut.
Im Haus ging das Licht an
und Elfriede stürmte mit Bell aus dem Haus.
Elfriede schrie Otto an:
„wolltest du heimlich mein Wohnmobil klauen ? "
Otto schrie zurück,
„das ist mein Wohnmobil und ich kann es holen wann ich will"
Elfriede rief sofort die Polizei an und teilte mit,
das jemand ihr Wohnmobil von ihrem Grundstück klauen will.
Otto versuchte mit aller Kraft
den Einachsanhänger weg zu schieben,
daraufhin stellte sich Elfriede in den Weg,
er lief um den Anhänger und schubste sie zur Seite.
Elfriede stand schnell wieder da und es kam zu
Handgreiflichkeiten zwischen Otto und Elfriede.
In diesem Moment erschien das Polizeiauto vor ihnen
und beide standen in dessen Scheinwerferlicht.
Alle Nachbarn waren inzwischen auch schon wach
und schauten dem laute treiben in der Nacht zu.

Die Polizeibeamten stiegen aus
und verhörten beide getrennt voneinander.
Elfriede stellte sich als armes kleines Opfer dar,
dem das Eigentum geklaut wird
und der häusliche Gewalt angetan wurde,
Otto erläuterte, das er sein Eigentum abholen wollte.
Elfriede zeigte Otto noch zusätzlich bei der Polizei an,
dass er ohne Straßenzulassung fahren wollte.
Plötzlich wurde Otto alles zu bunt, er rastete aus
und schob den Einachsanhänger mit aller Kraft weg,
stieg ins Wohnmobil und fuhr los.
Die Polizei hinterher, nach ein paar Querstraßen
stoppten sie ihn, er fragte was sie wollen.
Die Polizei warf ihm vor ohne Straßenzulassung
auf öffentlichen Straßen zu fahren.
Otto antwortete, „ sperren sie ihre Augen doch richtig auf,
das Fahrzeug hat ein rotes Nummernschild
und ist somit auch Straßenzugelassen".
Der Polizist, „werden sie hier nicht frech,
sonst nehmen wir sie mit auf das Revier",
Otto wurde etwas kleinlaut und zeigte dem Polizisten
das rote Nummernschild hinter der Frontscheibe.
Der Polizist, „wenn sie die übers Nummernschild montieren,
dann dürfen sie weiter fahren, aber das nächste Mal
mäßigen sie ihren Ton gegenüber der Polizei".
Otto entschuldigte sich und meinte zur Polizei:
„tut mir leid, aber das ist heute alles zu viel für mich,
sie haben das ja mitbekommen
was meine Ex-Freundin alles angestellt hat".
Der Polizist, „ja das war heftig, aber wer Recht hat
bezüglich der häuslichen Gewalt klären nicht wir".
Otto stimmte still schweigend zu
und montierte die roten Nummernschilder an das Wohnmobil.

Der Polizist, „fahren sie vorsichtig, die Straßen sind glatt
und es ist schon sehr spät in der Nacht".
Otto bedankte sich bei der Polizei für die Warnung
der Verkehrssituation, stieg ins Wohnmobil und fuhr los.
Obwohl es schon mitten in der Nacht war,
spürte er keinerlei Müdigkeit, selbst als er am frühen Morgen
in der schwäbischen Heimat ankam,
war er immer noch topp fit, so aufgedreht
war er von der nächtlichen Aktion in Aplerbeck.

Petra sorgte auch dafür,
dass Otto wieder Kontakt zu seiner Familie aufnahm,
mit seinem eineiigen Zwillingsbruder
gingen sie zusammen ins Restaurant zum Essen
und es wurden gemeinsame Grillfeste
in ihren Gärten abwechselnd durchgeführt.
Sie hatten sich viel zu erzählen,
weil sie viele Jahre keine Verbindung mehr hatten
und sich mit den Neuigkeiten nicht austauschen konnten.
Die Zusammengehörigkeit der Familie war wieder hergestellt,
da leistete Petra hervorragende Arbeit.
Denn ohne Petra hätten die Stur-köpfe
mit Sicherheit nicht mehr zusammen gefunden.

Der juristische Kleinkrieg zwischen Otto und Elfriede
ging in vollen Gang weiter,
zumal Elfriede ihre extreme Trauer und Niedergeschlagenheit,
bezüglich der Beziehung,
sich inzwischen in reinen Zorn umgewandelt hatte.
Sie spricht inzwischen nur noch sehr ausfallend
und beleidigend über Otto und Petra,
ganz verdenken kann man ihr das natürlich nicht,
nachdem was sie seelisch alles durchstehen musste.

Letztendlich meldete Otto seine Ansprüche auf viele Möbel,
Schränke, Sofas, Fernseher und Werkzeuge an,
er wollte diese Gegenstände zusammen mit seinem
Zwillingsbruder am kommenden Wochenende abholen.
Dazu fuhren beide mit zwei Autos nach Jöllenbeck,
einem Miettransporter und Ottos Pkw.
Sie fuhren am Samstag um sieben Uhr los
und kamen um zwölf Uhr in Aplerbeck an.
Dort angekommen machte sich Otto sofort an die Arbeit,
er leerte den ganzen Müll von seinem Einachsanhänger
in das Carport des Hauses
und hängte das mechanische Anschlussstück der Achse
in die Anhängerkupplung des Pkw,
dann wurde rasch der elektrische Stecker angeschlossen
und fertig war der erste Akt.
Otto war schon ganz zufrieden, den keiner störte
und behinderte ihn, war wohl keiner im Haus.
Er nahm seinen Zweitschlüssel
und wollte die Haustür aufschließen,
um die ganzen Gegenstände in den Miettransporter, sein Pkw
und dem Einachsanhänger zu verladen.
Der Schlüssel passte nicht mehr in das Türschloss des Hauses,
Otto sagte zu seinem Zwillingsbruder,
„die Schlampe hat das Schloss in der Tür gewechselt".
Der Zwillingsbruder antwortete: „das gibt es doch nicht,
du hattest doch den Besuch angekündigt, allen war klar,
dass du ins Haus musst um die Gegenstände abzuholen".
Otto: „komm wir gehen ums Haus
und schauen was wir von der Terrasse holen können".
Dort fanden die zwei den neuen und teuren Gasgrill,
die Gartenstühle und den alten Campingtisch. Alles
wurde schnell verladen und es ging abermals an die Haustür,
Otto klingelte wie wild und hämmerte an der Tür,
dann hörte er Bell bellen.

Otto rief zu seinem Zwillingsbruder, „die Schlampe
hat sich im Haus verschanzt, ich hör doch den Hund".
Otto klingelte weiter wie wild
und hämmerte an der Haustür, dabei schrie er,
„Elfriede, du Schlampe, mach endlich die Tür auf,
ich weiß dass du da bist, ich hör doch den Hund.
Wenn du nicht sofort öffnest,
dann stoß ich die Tür ein oder breche die Balkontür auf,
ich komme auf jeden Fall rein und hole mein Eigentum".
Das Geschrei ging unentwegt weiter und Elfriede
verlor die Nerven und öffnete schließlich die Haustür.
Lange zuvor hatte sie schon ihre Verwandtschaft
und die Feuerwehrkameraden des Enkels angerufen,
so war die Vereinbarung zwischen Elfriede
und ihrer Verwandtschaft.
Der Streit vor der Haustür entbrannte zwischen Otto
und Elfriede, es kam zu Handgreiflichkeiten.
Voller Zorn und aus Leibeskräften
schrie Elfriede mehrmals laut um Hilfe.
Otto wollte mit aller Gewalt in das Haus,
dabei schubste er im Zweikampf Elfriede kraftvoll zu Seite,
sie stürzte auf die Auffahrt des Hauses und so konnte Otto
mit seinem Zwillingsbruder ins Haus gelangen.
Am Boden liegend, schrie sie weiterhin laut um Hilfe.
Die Nachbarn hatten inzwischen schon längst die Polizei
angerufen, so wie es mit Elfriede vereinbart war.
Inzwischen war die ganze Verwandtschaft
und die Feuerwehrkameraden mit ihren Autos eingetroffen
und versperrten den Fahrzeugen von Otto
und seinem Zwillingsbruder die Ausfahrt.
Alle stürmten aus dem Auto
und stürzten sich auf Otto und seinen Zwillingsbruder,
er gab ein riesengroßes Geschrei,
alle wurden handgreiflich, die Lage drohte zu eskalieren.

Plötzlich erreichten die Streifenwagen, mit Blaulicht
und Signalhorn, das Gelände um den Brennpunkt.
Die Polizisten sprangen aus ihren drei Fahrzeugen
und stürzten sich auf die Teilnehmer und trennten diese,
anschließend wurden alle von der Polizei vor Ort verhört.
Elfriede zeigte Otto abermals
wegen der häuslicher Gewalt an und erzählte der Polizei,
„Otto brach mit Gewalt ins Haus ein
und beleidigte mich auch noch mehrmals".
Otto dagegen teilte der Polizei mit,
„ich hole hier nur rechtmäßig mein Eigentum ab, alles ist
mit den Rechtsanwälten von meiner Ex und mir geklärt,
schließlich gehört das Haus mir zu fünfzig Prozent
und ich kann eigentlich rein wann ich will".
Die Polizei antwortete:
„Ihre Ex-Freundin wohnt in dem Haus, sie hat alle Rechte.
Wo sind die Dokumente von den Rechtsanwälten
und die schriftliche Zusage der Vereinbarung ?
Außerdem sind Handgreiflichkeiten
und Körperverletzung kein Kavaliersdelikt !"
Otto antwortete erregt, „die Unterlagen habe ich nicht bei mir
und meine Ex versperrte mir den Zugang,
da musste ich sie ja schließlich zu Seite schieben,
um ins Haus zu gelangen und mein Eigentum abzuholen".
Die Polizei gab sachlich und mit hartem Ton zurück:
„Sie sehen ja was sie hier angerichtet haben
und ohne ein Dokumente von beiden Anwälten oder einem
Gerichtsbeschluss holen sie hier erst mal gar nichts mehr ab,
wegen der körperlichen Gefahr, die von ihnen ausgeht,
verbieten wir ihnen den Zugang zum Haus.
Ihre Gegenstände können sie,
wie schon gesagt nur mit schriftlichen Dokumenten
und nur noch nach Vereinbarung
mit ihrer Ex vor dem Haus abholen".

Otto protestierte und wollte weiterhin
seine Gegenstände aus dem Haus abholen.
Die Polizisten reagierten sofort
und schnappten sich Otto und legten ihm Handschellen um.
Otto protestierte laut,
„was soll das denn, ich bin doch kein Verbrecher".
Die Polizisten erklärten ihm, „die Handschellen
machen wir erst ab, wenn sie sich beruhigt haben
und einsehen, dass sie hier und heute
nichts mehr abzuholen haben und sofort Nachhause fahren".
Die Verwandtschaft und die Feuerwehrkameraden,
fuhren nach mehrfacher Aufforderung der Polizei,
ihre geparkten Autos unter Protest zur Seite.
So dass Otto und sein Zwillingsbruder,
mit den wenigen Gegenständen die schon verladen waren,
mit ihrem Miettransporter und dem Pkw mit Anhänger,
Richtung Heimat fahren konnten.

Zuhause wurde von der Aktion berichtet,
die Frage wie es nun weiter geht war aber offen.
Das halbe Haus von Otto und die ganzen Gegenstände,
die im Haus waren, standen zur Debatte.

Ein paar Tage später bekam Otto über Elfriedes Anwalt
folgendes Angebot brieflich zugesandt:
„Meine Mandantin bietet ihnen an,
sie bekommen das Wohnmobil und das Baumgrundstück,
wenn sie im Gegenzug meiner Mandantin
ihr halbes Haus mit Grundstück abtreten".
Otto musste sich vor Schreck erst mal setzten,
als er das unverschämte Angebot las,
denn das Wohnmobil gehörte ja ihm,
er hatte es gekauft und bezahlt.

Er und Elfriede waren nicht verheiratet,
deshalb hatte sie auch keinen Anspruch darauf.
Das Baumgrundstück,
sein geliebtes Stückle, hatten beide gemeinsam gekauft,
aber es kostete
vor ein paar Jahren gerade mal fünftausend Euro.
Das halbe Haus mit Grundstück
wurde für zweihunderttausend Euro erworben,
so stehen ihm eigentlich runde hunderttausend Euro zu.
Das Angebot der Anwältin steht doch in keinem Verhältnis,
zu dem was ihm zusteht !

Die Frau des Zwillingsbruders von Otto
brachte das Wunschkind auf die Welt,
leider viel zu früh, das Baby
hatte zur Geburt etwas mehr als sechshundert Gramm.
Die Angst, dass es nicht überlebt war sehr groß bei den Eltern
und Verwandten, denn der kleine „Wurm" lag doch sehr
verloren in dem großen Brutkasten des Krankenhauses.
Nach vielen medizinischen Untersuchungen
stellte die Ärzte eine leichte Behinderung fest,
dies kam eventuell durch die Frühgeburt,
aber vielleicht auch durch den extrem hohen Konsum
von Alkohol während der Schwangerschaft.

Elfriede wollte mit Karl und Frieda
zusammen Urlaub machen, aber nur wenn es günstig ist !
Karl und Frieda dachten nach und stellten fest
„das hatten wir doch schon mal" !

Elfriede fragte bei Karl per E-Mail nach,
ob er ihr nicht langfristig fünfzigtausend Euro leihen könnte,
nur so eine Anfrage, sie hätte natürlich
genug reiche Freunde und Verwandte in Aplerbeck,
die ihr das Geld auch gern leihen würden,
ist eine reine Absicherungsfrage !

Karl und Frieda überlegten da nicht lange,
denn einer Frau die über fünfundsiebzig Jahre alt ist,
kann man so eine Summe nicht langfristig leihen,
wo ist da die Sicherheit der Rückzahlung.
Dann noch die große Distanz, das Risiko,
das man auf dem Geld sitzen bleibt ist da viel zu groß.
Sie schrieben Elfriede zurück, „da du
ja genug reiche Freunde und Verwandte in Aplerbeck hast,
die dir gern das Geld vor Ort leihen würden,
ist das der besserer Weg aus unserer Sicht".
Darauf schrieb Elfriede wieder zurück:
„so ist das wenn man mal Freunde braucht,
dann ist man verlassen, nur Hunde sind treu".
Otto teilte Karl und Frieda später mit,
„die in Aplerbeck sind alle arm wie Kirchenmäuse,
jeder der Verwandten und Freunde von Elfriede
hätten mehrere Hypotheken auf ihren Häusern,
können nicht mal einen Kleinwagen bar bezahlen,
wo sollen da fünfzigtausend Euro herkommen".

Otto fuhr mit seinem Wohnmobil,
seiner Petra und den zwei Mädels in die Toskana,
um mal so richtig Urlaub zu machen
und sich von dem ganzen Beziehungsstress zu erholen.

150

Es ging auf einen im Wald liegenden Campingplatz
direkt ans Meer, dort wollten sie gemütliche
zwei Wochen verbringen, er und die „drei Frauen".
Alles klappte hervorragend, es gab keine Reibereien
mit dem neuen männlichen Familienmitglied.
Das Team harmonierte gut zusammen,
das zeigten auch die schönen und lustigen Fotos,
die er Karl und Frieda aus dem Urlaub sendete.
Karl und Frieda freuten sich für ihn, dachten sich aber,
das ist nicht die richtige Partnerin für Otto,
die Charaktere der beiden liegen so weit auseinander,
das dies unmöglich langfristig harmonieren könnte.
Sie vermuteten dass es irgendwann eine harte
Auseinandersetzung gibt und das Verhältnis beendet wird.
Hofften natürlich für ihren Freund nur das beste
und schönste Glück auf Erden, er hatte es dringend nötig.

Bereits nach einer Woche auf dem Weg in die Toskana
schrieb Elfriede schon ein böses E-Mail an Frieda
über Otto und Petra,
„ die Nute fährt mit meinem Wohnmobil in den Urlaub
und verballern mein Geld. Die hat sich ins
gemachte Nest gesetzt und genießt das was mir zusteht".
Ihre Spione hatten wieder Mal gute Arbeit geleistet
und alles an Elfriede gemeldet.
Das lokale Unwetter während des Toscana-Urlaubs,
in Form von Regen, Überschwemmung und Sturmwind,
in dem Dorf in dem Otto und Petra wohnen,
hat den halben Ort verwüstet.
Elfriede erfuhr dies als erstes und schrieb Karl und Frieda
über WhatsApp extrem schadenfroh mit schrecklichen Fotos,
„wenn Arschlöcher fliegen könnten, dann wären
sie schon im Dorf und würden alles wieder richten".

Karl und Frieda hörten über Elfriede
das erste Mal über die Katastrophe in ihrem Nachbardorf,
sahen die Fotos von ihr und waren total entsetzt,
antworteten Frieda jedoch nicht auf die schadenfrohe
Nachricht von Elfriede, das war doch deutlich
unter der Gürtellinie, auch wenn sie zornig auf Otto war.

Elkes Vater ist sehr abgemagert und bekam Prostatakrebs,
könnte aber vermutlich behandelt werden.
Er hatte innerhalb von drei Monaten über
dreißig Kilogramm abgenommen, er meinte nur, „durch
etwas weniger essen bin ich so schön schlank geworden" !
Bezüglich der Operationsmöglichkeit
standen noch genaue Untersuchungen im Krankenhaus aus.

Nachdem das Baby des Zwillingsbruders ein paar Monate
im Brutkasten des Krankenhauses liebevoll versorgt wurde,
stellte sich doch bei weiteren
medizinischen Untersuchungen heraus,
das der regelmäßige und extrem hohe Alkoholkonsum
der Mutter während der Schwangerschaft dazu geführt hat,
das das Baby erhebliche Hirnschäden davon getragen hatte.
Die Mutter hatte mehrfach während der Schwangerschaft
über 2,6 Promille Alkohol im Blut und musste jedes Mal
im Krankenhaus medizinisch versorgt werden.
Das Baby bekam während des Krankenhausaufenthaltes
immer wieder Hirnblutungen
und musste mehrfach reanimiert werden.
Nachdem das Baby, unter großer Mühe des Krankenhauses,
auf Normalgewicht war,
wurde es aus dem Krankenhaus als gesund entlassen.

Die Eltern und alle Verwandten freuten sich für das Baby,
dass es diesen gefährlichen Lebensabschnitt
als frühgeborenes überlebt hatte
und endlich mit Nachhause genommen werden konnte.
Das Kinderzimmer und alles was dazu gehörte
wurde für den kleinen „Wurm" liebevoll,
wenn auch sehr sparsam, eingerichtet.
Drei Tage nach der Entlassung rann dem Baby Eiter
aus der Nase und es verstarb dadurch über Nacht.
Die Kriminalpolizei stelle bei der Obduktion fest,
dass das Kind noch im Krankenhaus eine Lungenentzündung
hatte und nicht entlassen werden durfte.
Die Eltern stellten Strafanzeige gegen das Krankenhaus.

Am ersten Trollingerabend nach dem Toskana-Urlaub
kam Otto alleine zu Karl und Frieda.
Er teilte den beiden freudig mit,
dass er gestern die Beförderung zum Abteilungsleiter erhielt,
er freute sich riesig über diesen Erfolg,
zumal er eigentlich nicht mehr damit gerechnet hatte,
weil er ja zwischenzeitlich der Firma gekündigt hatte
und wieder eingestellt wurde.
Er teilte den beiden noch mit, „ich darf euch kein Wort
darüber berichten, dies hat Petra mir verboten".
Karl erwiderte, „ das ist ja wohl lächerlich,
so eine erfreuliche Nachricht zu verbieten".
Otto: „bitte kein Wort zu Petra über dieses Thema,
bitte versprecht mit das".
Karl und Frieda versprachen das natürlich,
gratulierten Otto nochmals und tranken
darauf ein kräftiges Glas Trollinger Lemberger Wein.
Otto erzählte noch ganz begeistert vom Urlaub
in der Toskana und zeigte dazu schöne Fotos.

Karl fragte Otto noch im Vieraugengespräch,
„glaubst du dass Petra die richtige für dich ist,
wenn sie so etwas verbietet ?"
Otto bestätigte, „sie ist meine große Liebe,
da stimmt alles, über manche Dinge muss ich hinweg sehen".
Karl wollte ihn nicht verunsichern oder sein Glück belasten,
er hielt seine Meinung und die von Frieda zurück,
bezüglich der unterschiedlichen Charaktertypen.
Der Abend verlief noch sehr unterhaltsam
und Otto verabschiedete sich zu später Stunde.

Die Zeit verging und Otto traf mit Petra und
ihren zwei Töchtern Urlaubsvorbereitungen für die Nordsee.
Natürlich sollte die Reise
mit dem schönen Wohnmobil durchgeführt werden.
Es wurden viele Dinge für den Urlaub gekauft,
unter anderem auch ein Iglu Zelt für die zwei Mädchen.
Damit die Erwachsenen auch mal für sich sein konnten,
natürlich erzählte man den zwei Mädchen,
dass sie die spanende Zeltromantik erleben könnten.

Das Wohnmobil war bepackt bis unter die Decke,
Ausrüstung, Lebensmittel, Genussmittel, usw.,
nur die persönlichen Sachen der „drei Frauen"
mussten noch in das Wohnmobil eingepackt werden.
Am Vorabend der Abreise gab es mehrere
kleine Diskussionen zwischen Otto und Petra,
das ganze endete damit, dass Petra Otto
am gleichen Abend noch aus der Wohnung geschmissen hatte.
Otto kämpfte für seine große Liebe Petra,
aber die ließ sich nicht mehr erweichen, ging nicht
mehr ans Telefon und vermied jeden Kontakt mit ihm.
Sie stellte seine restlichen Kleidungsstücke
auf die Straße und war fertig mit ihm.

Verzweifelt zog Otto
zu seiner Mutter ins Elternhaus des kleinen Dorfes.
Weil er zwei Wochen Urlaub hatte,
fuhr er alleine an den Bodensee um sich abzulenken.
Selbstverständlich blieb Karl und Frieda
mit ihm in Kontakt, täglich telefonierten sie,
um in der Not als beste Freunde beizustehen
und ihn seelisch und moralisch zu unterstützen.
Die drei diskutierten stundenlang,
teilten ihm aber auch mit, er solle nicht so traurig sein,
denn aus Sicht von Karl und Frieda passten
die zwei vom Charakter her überhaupt nicht zusammen.
Vielleicht war es sogar gut so und es öffnet sich ganz
wo anders ein Fenster an das man jetzt nicht denkt.
Der Urlaub am Bodensee endete und Otto
war immer noch unglücklich über die Trennung mit Petra.
Aber der Alltag holte ihn ein
und er konzentrierte sich auf seine Arbeit,
vor allem auf seine neue Position als Abteilungsleiter.

Elfriedes Spione hatten wieder Mal gute Arbeit geleistet
und alles an Elfriede gemeldet, sie wusste von dem
Rausschmiss bei Petra und dem Einzug bei seiner Mutter.
Elfriede freute sich unendlich
über Ottos Rausschmiss bei Petra, die Schadenfreude
und die anschließenden Gehässigkeiten
wurden zu ihrem Lebenselixier.
Was sie noch nicht wusste,
war die neue Berufsposition von Otto, als Abteilungsleiter.

Am nächsten Trollingerabend erzählte Otto
von seinem Zwillingsbruder, seine Frau verlangte von ihm
mindestens drei Mal Sex am Tag, morgens, mittags und abends.

Das hielt er nicht lange durch
und so griff er zu den kleinen blauen Pillen namens „Viagra",
damit funktionierte alles wieder wie am Schnürchen.
Karl hatte massive Bedenken, „wenn er jetzt schon anfängt
dieses Präparat regelmäßig einzunehmen,
das hat bestimmt gesundheitliche Langzeitfolgen,
die vielleicht noch gar nicht bekannt sind.
Außerdem fand er ihre Forderung von
„mindestens drei Mal pro Tag" ein wenig übertrieben,
schließlich war er auch schon über fünfzig
und das setzt einen schon massiv unter Druck.
Weiter erzählte Otto, dass sein Zwillingsbruder
überdurchschnittlich viel Alkohol konsumiert,
um nicht zu sagen, die neue Frau steckt
seinen Zwillingsbruder zum Saufen an, weil sie
selber so gerne Alkohol in großen Mengen zu sich nimmt.

Nach dem Otto aus dem Urlaub vom Bodensee kam,
wollte er unbedingt zu Petra wieder zurück,
er versuchte es mehrfach,
über den Gesangsverein, Tel. „no answers",
selbst zu seinem Geburtstag
hatte Petra ihn nicht zum Gratulieren angerufen.
Karl und Frieda luden Ihn zum Essen in ihr Lieblingsrestaurant
ein und überreichten ihm schöne Geschenke,
Otto freute sich sehr darüber. Doch, er trauerte immer noch
sehr über den Verlust seiner neuen großen Liebe.
Karl und Frieda teilten ihm am Trollingerabend nochmals mit,
dass Petra sowieso nicht zu ihm gepasst hatte,
weil die Charaktere zu unterschiedlich sind,
sie ist extrem empfindlich und legt alles auf die Goldwaage,
er ist ein solider einfacher und geradeaus denkender Mensch,
das sorgte immer für Sprengstoff.

Otto hatte sich die ganze Zeit für sie verbogen,
nahm 15 Kilogramm ab und wurde fast so dünn wie Petra,
er tat einfach alles um ihr zu gefallen, leider war dies
sehr einseitig und wurde nie entsprechend belohnt.
Karl und Frieda munterten ihn auf,
sich zu öffnen für eine neue Beziehung
und er sollte sich diesmal mehr Zeit nehmen
und nicht alles wieder zu überstürzen.
Eine Woche später am Trollingerabend ging es Otto
etwas besser und er fasste langsam wieder Lebensmut.
Er erzählte Karl und Frieda, dass sein jüngster Bruder
eine Frau kenne, die einen neuen Freund suche, er hatte
sogar schon ein Foto dabei, war aber nicht so ganz überzeugt.

Karl ermutigte ihn, diese Frau, namens Iris,
doch erst einmal kennen zu lernen
und sich dann ein Bild von ihr zu machen.
Otto war davon nicht überzeugt.
Er suchte eine zwei Zimmer Wohnung,
weil er in seinem Alter nicht längerfristig bei seiner Mutter
wohnen wollte, die Suche zeigte sich aktuell als schwierig,
da Wohnungen absolute Mangelware waren.

Karl und Frieda fuhren für zwei Wochen,
Anfang September in den Urlaub nach Kroatien.
Die Urlaubsfahrt startete um vier Uhr Morgens
mit Lars seinem schwarzen Mercedes ML 8-Zylinder Motor.
Die Fahrt war super und machte Spaß,
es ging schnell voran, absolut kein Stau, alles ohne Probleme.
Die Ankunft in Kroatien im Hotel, erfolgte bereits
um ein Uhr mittags, trotz den neunhundert Kilometern.
Für Karl und Frieda gab es keinen Zimmerschlüssel,
weil die Bezahlung bei dem Hotel nicht ankam.

Karl kämpfte von ein Uhr bis neunzehn Uhr,
telefonierte in ganz Europa herum,
obwohl das Hotel vor vier Monaten von ihm schon bezahlt
und schriftlich von der Agentur bestätigt wurde, gab es
keinen Zimmerschlüssel, er musste alles nochmals bezahlen.
Das Hotel hatte fünf Sterne und eine Top Bewertung,
war super modern und schick eingerichtet.
Total erschöpft gingen alle früh um zehn Uhr abends ins Bett,
schweißgebadet wachte Karl auf,
die Klimaanlage im Zimmer stand zwar auf zwanzig Grad,
es wurden aber siebenundzwanzig Grad
im Display der Klimaanlage der Raumtemperatur angezeigt.
Karl ging zur Rezeption und teilte mit,
dass die Klimaanlage nicht läuft,
dort wurde dann mit einem Lächeln verkündet,
die Klimaanlage wird von
zweiundzwanzig Uhr bis fünf Uhr in der Früh abgeschaltet.
Karl reklamierte in den zwei Wochen vier Mal,
aber Nachts blieb die Klimaanlage ausgeschaltet,
das war eine echte Frechheit in einem fünf Sterne Haus.
Die gesamte Anlage, das Essen,
der Poolbereich und der Strand, alles war spitze,
aber was nützt das,
wenn man nachts nicht schlafen kann, weil es zu warm ist !
In der letzten Nacht war an Schlaf nicht mehr zu denken,
weil eine Hochzeitsgesellschaft bis um fünf Uhr morgens
extrem lauten Krawall und Musik gemacht hatte.
Keine Reklamation beim Hotelmanagement half,
der Krach ging die ganze Nacht weiter.
Nach einer Stunde Schlaf und totaler Übermüdung
startete das Trio die Heimfahrt mit dem Auto.
Nur mit viel Kola und Kaffee
konnten die neunhundert Kilometer zurück gelegt werden.

Zuhause wieder angekommen, überraschte Otto
die zwei mit einem extrem überschwänglichem Grinsen,
da spürte Karl doch sofort, hier ist eine Frau im Spiel !
So war es dann auch, in den zwei Wochen Kroatien-Urlaub
traf er Iris und verliebte sich sofort in sie,
er fand sogar eine sehr schöne 2-Zimmerwohnung
in der Nachbarstadt, die nur drei Kilometer entfernt war.
Sofort zogen die Beiden dort ein.
Karl und Frieda freuten sich sehr für ihn,
mahnten ihn aber auch, dass er schon wieder alles überstürzte.

Am nächsten Trollingerabend lernten Karl und Frieda
die neue Geliebte von Otto kennen.
Sie hieß Iris, war einen halben Kopf kleiner als Otto
und trug dunkelbraunes langes Haar,
war ein klein wenig pummelig
und hatte eine sehr angenehme und positive Ausstrahlung.
Ihr Körper war trotz den Pfunden sehr schön proportioniert,
besonders hervorzuheben war ihr großer
und massiv wirkender Busen,
der sie in einem sehr schönen Licht erscheinen ließ.
Sie wirkte im Leben deutlich attraktiver als auf dem Foto,
das Otto ihnen vor dem Urlaub gezeigt hatte.
Beruflich war Sie Immobilienmaklerin
in der fünfundzwanzig Kilometer entfernten großen Kreisstadt.

Iris war sehr lebensfroh und gesprächig, Karl und Frieda
waren begeistert von ihr und freuten sich für Otto,
dass er eine so tolle neue Freundin gefunden hatte,
die auch sehr gut zu ihm passte, zumindest das Urteil
nach den ersten Stunden des Kennenlernens.

Die zwei Zimmerwohnung war modern und schön eingerichtet,
ein paar Sachen fehlten noch, aber die Lücken würden sich
schon in den nächsten Wochen schließen.
Iris brachte einen kleinen Hund namens Molly,
der aussah wie ein übergroßer langbeiniger Rauhaardackel
und eine Katze mit in die blutjunge neue Verbindung.
Wobei die Katze noch keiner sah, weil sie ein Freigänger ist
und dies in der Stadt nicht zumutbar war,
blieb sie vorerst bei ihrem Ex-Mann.
Es war ein sehr kurzweiliger Trollingerabend,
daran war die neue Freundin Iris schuld, im positiven Sinne.

Elke arbeitete inzwischen seit ein paar Wochen
im örtlichen Haushaltshilfsdienst, es gefiel ihr dort sehr gut,
sie kämpfte dort verbissen um eine Festeinstellung.
Nach der Probezeit von sechs Monaten
sollte dies bei guter Eignung und Führung möglich sein.
Sie half beim Frühstück herrichten, betreute
die alten Senioren täglich und las ihnen Geschichten vor.
Sie hatte eine Halbtagsstelle
und fing morgens um acht Uhr regelmäßig an zu arbeiten,
ab und zu war ein Wochenenddienst durchzuführen,
der Elke und Hugo nicht so gut gefiel.
Gerade an den Wochenenddiensten
gab es regelmäßig Krach im Haus bei Elke und Hugo,
die Nachbarn und Mitbewohner konnten dies nicht überhören,
weil die beiden sich bevorzugt
bei offenem Fenster lautstark stritten.
Auch die Mieter in ihrem schönen Haus
mussten dies regelmäßig aushalten.
Zusätzlich gab es noch Streitereien wegen der Mieterin
im Untergeschoss, die in einer kleinen
zwei Zimmer Wohnung direkt unter den Eigentümern wohnte.

Die Mieterin wurde schriftlich gekündigt,
das Schreiben enthielt aber keinen Kündigungsgrund,
deshalb war die Kündigung auch Rechtsunwirksam.
Die Eigentümer stritten sich furchtbar laut untereinander,
weil Hugo die Situation der unwirksamen Kündigung
sofort erkannte und dies sofort seinen Schwiegereltern,
so wie Elke mitteilte.
Aber seine Schwiegereltern, insbesondere die Schwiegermutter
und Elke, wollten dies nicht akzeptieren.
Ein junger Student sollte in die Wohnung einziehen
und nahezu das doppelte an Kaltmiete bezahlen, den Garten
um das Haus zusätzlich pflegen und in Ordnung halten.
Die aktuelle Mieterin war sehr unauffällig und ruhig,
sie war bereits knapp sechzig Jahre alt,
trug natürliches halblanges graues Jahr, war klein und zierlich,
aber mit einem einen sehr großen Busen ausgestattet.
Sie wohnte bereits über drei Jahre in der Wohnung
und war von der Kündigung sichtlich überrascht,
weil sie immer pünktlich ihre Miete bezahlte
und sonst auch alle Aufgaben regelmäßig,
ordentlich und termingerecht erledigte.
Alle schimpften auf die kleine Mieterin,
nur Hugo und der Schwiegervater hielt sich zurück,
denn die zwei hatten andere, eigene Sorgen.
Der Schwiegervater von Elke nahm sehr stark ab
und wurde wegen Prostatakrebs behandelt,
Hugo wollte gern abnehmen
und in Ruhe mit seiner Frau Elke leben, er mischte sich
als Schwiegersohn ungern in die Streitereien ein,
zumal er da ja sowieso nichts zu sagen hatte.
Die Mieterin informierte sich bei den örtlichen Ämtern
und den Nachbarn über ihre Kündigung,
alle bestätigten ihr, dass diese aus deren Sicht ungültig sei.

161

Der Kampf ging weiter und die Mieterin nahm,
vor lauter Stress, in den nächsten Wochen
über sieben Kilogramm ab, nur weil die Vermieter
diese unbedingt aus der Wohnung haben wollten,
keiner konnte das wirklich verstehen,
zumal die Mieterin so unauffällig war
und all ihren Verpflichtungen pünktlich nachkam.

Ein paar Wochen vergingen,
die Situation bezüglich der Mieterin änderte sich nicht,
aber Elke ging auf einmal eineinhalb Stunden früher zur Arbeit,
dies war sehr verdächtig.
Auch strahle sie auf einmal über das ganze Gesicht,
irgendetwas war da im Busch.
Die Situation war komplett verrückt,
denn Elke vertraute ihrer Mieterin alles an,
einerseits wollte man sie los werden,
andererseits erzählte Elke die intimsten Dinge ihrer Mieterin.
Karl und Frieda konnten das überhaupt nicht verstehen,
den so inkonsequent und naiv konnte man wohl nicht sein.

Es sickerte durch, dass Hugo, aus irgendwelchen Gründen,
nicht mehr in der Lage war mit Elke Sex zu machen,
dies belastete ihn sehr, er introvertierte immer mehr.
Dazu kam, dass Elke keinerlei Verständnis für ihn hatte,
sondern ihn nur noch beleidigte und an Schrie.
Da dies für Elke nicht auszuhalten war, suchte sie
nach anderen Möglichkeiten ihren Trieb zu befriedigen.
Nachmittags saß sie des Öfteren allein auf ihrem Sofa,
öffnete ihre Jeans und schob ihre Hand in ihren kleinen,
schwarzen durchsichtigen Slip,
der sich sehr eng um ihren fetten, feuchten Leib presste,
um sich dann selbst mit ihren Fingern zu befriedigen.

Sie benötigte weniger als fünf Minuten zum Orgasmus,
weil sie ja immer so geil war.
Oftmals hielt sie es nicht mehr aus
und deshalb musste sie es sich mehrfach am Tag besorgen.
So konnte sie ihre Sexualität teilweise befriedigen,
aber ein richtiger Mann war ihr dennoch wichtiger.

Früh am Morgen im Seniorenheim, konnte ein sehr alter
männlicher Bewohner nicht mehr schlafen, deshalb ging er
um sechs Uhr fünfzehn durch die Gänge zum Frühstücksraum,
er wollte schauen,
ob dort noch ein weiterer Schlafwandler unterwegs war.
Auf dem Weg dorthin ging er an der kleinen
Vorratskammer vorbei, dort waren die Bettbezüge,
Putzmittel, usw. in den Regalen gelagert.

Er hörte ein leises stöhnen und wimmern aus diesem Raum,
vorsichtig und leise öffnete er die Tür
und erschrak fast zu Tode, von dem was er dort sah.
Eine dicke Frau stand dort breitbeinig mit nacktem Unterkörper
und hielt sich nach vorne gebeugt mit ihren Händen
an den Regalen fest, ihre kleinen fetten Brüste
und die großen Fettschürzen um ihren Bauch wackelten im
Rhythmus unter ihrer hochgezogenen Bluse hervor.
Dahinter stand ein schlanker Mann mit runter gelassener Hose
und klatschte der Frau mit beiden Händen
auf ihre gewaltigen Fettschürzen am Bauch,
dabei schob er seinen Penis im Rhythmus des ganzen
immer wieder in ihre Vagina hinein.
Die zwei waren so sehr mit sich beschäftigt,
dass sie das leise Öffnen der Tür nicht bemerkten.

Der alte Herr beruhigte sich
und schaute dem Treiben gespannt zu,
die zwei bewegten sich immer heftiger,
teilweise fielen Bettlaken vom Regal
und das Stöhnen wurde deutlich lauter,
bis sie schließlich beide zum Höhepunkt kamen.
Noch total erhitzt zogen sie sich wieder an,
richteten die Kleidung ordentlich und verließe
die Vorratskammer, zuvor zog der alte Herr
die Tür leise zu und ging zum Frühstücksraum.
Der Hilfspfleger Martin und Elke
gingen getrennt voneinander zum Frühstücksraum,
um diesen für das Frühstück vorzubereiten.
Der alte Herr saß allein im Frühstücksraum,
grinste die zwei an und Fragte nach dem „guten Morgen",
„hatten sie einen guten Start heute Morgen" ?
Beide wurden etwas rot und sagten leise, „ja ganz normal".
Der alte Herr grinste unauffällig in sich hinein
und freute sich des Lebens !

Ein paar Tage später eskalierte es bei Elke und Hugo erneut,
er rannte früh morgens aus dem Haus
und fuhr überhastet zu seinen Kindern und seiner Mutter
in die Heimat, um dort zwei Tage zu bleiben.
Elke nutze die Gelegenheit und ließ sich am Abend
von ihrem neuen Liebhaber Martin und seinem Kumpel
mit dem Auto abholen,
denn Martin hatte weder einen Führerschein, noch ein Auto.
Zuvor rief Elke Karl im Garten zu,
„komm mal her, ich muss dir was mitteilen,
oder hat deine Frau schon was erzählt" ?
Karl, verneinte dies und fragte „was gibt es neues" ?

Elke meinte „bevor du es von jemand anderem erfährst,
sage ich es dir direkt, ich habe einen neuen Liebhaber und der
holt mich heute Abend mit seinem Freund ab, wir gehen aus".
Karl war sichtlich geschockt und ihm blieb sprichwörtlich
„der Klos im Hals stecken".

Selbstverständlich übernachtete Martin bei Elke im Haus
und sie hatten ihren Spaß.
Kaum war Martin aus dem Haus gegangen,
kam Hugo von seiner Reise zurück.
Er war am frühen Morgen schon stark alkoholisiert,
legte sich in sein Bett und schlief, er hatte keine Kraft
und Nerven sich aktuell mit Elke über die Situation zu streiten.

Am nächsten Tag teilten Karl und Frieda Elke persönlich mit
„was du da machst können wir nicht für gut heißen,
Hugo treibst du wieder in den Alkohol und das
alles nur um deine sexuellen Bedürfnisse zu befriedigen".
Elke antwortete „Martin ist gut zu mir, er erfüllt alles
was ich brauch, dazu gehört auch ein Viergangmenü".
Karl und Frieda erwiderten
„du kannst doch Hugo nicht so hängen lassen,
willst du deine Ehe nach sieben Jahren mit ihm
so einfach ohne zu kämpfen aufgeben" ?
Elke meinte „ich kämpfe schon seit einem halben Jahr,
aber leider aussichtslos".
Außerdem meinte Elke „bei mir stehen die Männer Schlange",
damit ging sie dann auch.
Karl und Frieda schüttelten nur noch die Köpfe
und konnten nicht glauben, was sie da hörten.

Ein paar Tage später flogen Karl und Frieda
mit Freunden in die Türkei, um dort Urlaub zu machen.

Es ging nach Side,
dort war es Anfang bis Mitte November noch schön warm,
so dass schwimmen im Meer
und den ganzen Tag Sonnen noch gut möglich war.

Nach einer Woche kam die Nachricht von Elke übers Handy,
dass am Samstag Hugo auszieht
und zwei Stunden später Martin einzieht,
es sei alles schon bestens vorbereitet.
Elke „ich freue mich schon unheimlich auf die erste
komplette Nacht mit Martin in meinem Haus,
da geht bestimmt die Post ab, anders als mit Hugo,
der bringt ja keinen mehr hoch".
Karl und Frieda waren fassungslos,
sie schrieben auf diese Nachricht nicht zurück.

Als Karl und Frieda nach zwei erholsamen Wochen
aus der Türkei zurück kamen,
stand sofort Elke parat und meinte
"seid ihr beleidigt mit mir,
oder wollt ihr euch nicht mit mir freuen".
Frieda antwortete „wir finden das nicht gut,
so schnell und konsequent die Partner zu wechseln,
nur weil einer sexuell nicht mehr kann,
das ist doch kein Grund eine Ehe zu beenden.
Wie heißt es so schön bei der Eheschließung,
in guten wie in schlechten Zeiten.
Na ja, es geht uns natürlich nichts an, aber du hast ja gefragt,
deshalb gebe ich dir auch meine ehrliche Meinung,
auch wenn diese dir nicht gefallen wird."
Elke „er wohnt nun schon eine Woche bei mir
und wir sind sehr glücklich".

Frieda
„hoffentlich wirst du das eines Tagen nicht bereuen müssen.
Lass uns erst mal ankommen und die Koffer auspacken,
so dass alles wieder seinen geregelten Gang geht."
Elke überlegte, sagte dann aber nichts mehr
und ging zu ihrem Haus zurück,
wo Martin schon in der Eingangstür wartete
und mit einem überzogenem Lächeln ihr die Tür öffnete.

Haben nun alle den richtigen Partner gefunden,
mit dem sie langfristig glücklich werden ?
Karl und Frieda wünschen das allen,
die hier im Buch erschienen sind.

Kommt der Frieden in Aplerbeck zustande ?
Was wird mit dem Haus in Aplerbeck ?
Wie geht das Leben mit Elfriede weiter ?
Auch hier wünschen Karl und Frieda das allerbeste,
möge alles einen glücklichen Ausgang finden !

Widmung
Dieses Buch entstand hauptsächlich
durch die Motivation der „schönen Anita".
Es wurde viel Freizeit geopfert,
die nötig war um dieses Buch zu erstellen,
deshalb geht auch ein besonderer Dank
an die Familie und Freunde von Dr. H.W. Paideys.